歌飞太行

一棵树的涛声

老留 著

新星出版社　NEW STAR PRESS

图书在版编目（CIP）数据

一棵松树的涛声 / 老留著 . -- 北京：新星出版社，2023.12

（歌飞太行）

ISBN 978-7-5133-5390-8

Ⅰ . ①一… Ⅱ . ①老… Ⅲ . ①诗集 – 中国 – 当代 Ⅳ . ① I227

中国国家版本馆 CIP 数据核字 (2023) 第 217193 号

歌飞太行

# 一棵松树的涛声

老 留 著

| 选题总策划 | 邹懿男 | 责任编辑 | 李文彧 |
| --- | --- | --- | --- |
| 特 约 编 辑 | 唐嘉琦 | 责任印制 | 李珊珊 |
| 审　　　校 | 王　颖 | 责任校对 | 刘　义 |
| 封 面 设 计 | 雷党兴 | 装帧设计 | 宣是国际 |

出 版 人　马汝军
出版发行　新星出版社
　　　　　（北京市西城区车公庄大街丙 3 号楼 8001　100044）
网　　址　www.newstarpress.com
法律顾问　北京市岳成律师事务所
印　　刷　北京天恒嘉业印刷有限公司
开　　本　880mm×1230mm　1/32
印　　张　9.625
字　　数　20 千字
版　　次　2023 年 12 月第 1 版　2023 年 12 月第 1 次印刷
书　　号　ISBN 978-7-5133-5390-8
定　　价　58.00 元

版权专有，侵权必究。如有印装错误，请与出版社联系。

总机：010-88310888　　传真：010-65270449　　销售中心：010-88310811

我刻薄地直面内心时,诗给了我温厚的救赎。

——老留

## 太行踏歌行
## ——"歌飞太行"序

"太行天下脊,黄河出昆仑"陆游曾如此吟咏开天辟地之大美山西;"太行山似海,波澜壮天地"陈毅元帅路过山西即写出最长诗篇《过太行山抒怀》,隐喻了太行山和太行山人民对中华民族全民抗战做出的无与伦比的巨大贡献……历来,人们知道这里民风淳朴,民歌荟萃,小花戏、"左权开花调"成为国家级非遗,但是很多人可能不知,这里还有一群植根这片土地的诗人,他们在巍巍太行,行吟踏歌。我永远记得,太行山那个冬日清晨的暖阳。

2021年5月起,我在组织的安排下到左权县开展乡村振兴定点帮扶工作。2022年11月,左权县诗歌协会的同志约我在县文联一聚,因我在乡下距县城较远,手头事多且忙,诗歌协会的同志就将就我的时间,最后我们约定在周末见。那是11月下旬的一个周六早晨,我开车翻山越岭七十华里,早早来到位于左权县城辽阳街的文联办公地。文联原主席孟振先、办公室主任李婷婷、《左权文苑》执行主编乔叶老师，以及几位诗歌作者已早早等候。当我走进文联简洁的会议室时，一双温暖的大手立即把我握住，微笑着问候："楠杰书记来得早啊！""哦，张老您怎么也来了？"我惊讶地看见年逾古稀的张基祥老先生站在眼前，他编撰的《铁证》《碧血辽县》《抗战文化》等十多本书籍是左权一笔厚重的抗战史料和财富，我刚来左权不久就认识了他，一直很敬仰。见我有些惊讶，旁边的同志解释："您可能不知道，张老师是县首届作协主席，也是我们诗歌协会的大橡和核心哟，他听说您要来，一定要来见见您。"当时，一缕阳光从窗外斜照进来，金色的光辉洒在张老沧桑而和蔼的脸上，他正笑意盈盈地注视着我，双手柔软地握着我的手，我顿时感到一股温暖在传递——时空在此定格，记忆在此永驻，我记住了这一缕金色而温暖的阳光，记住了太行山这个冬日清晨的暖阳，记住了这一张张真诚、坦率、朴实而热切的笑脸……一上午，我们就着几颗花生、瓜子和热茶，谈起了左权的诗歌和他们的创作历程……

是年9月18日，左权县举行"辽县易名左权80周年纪念活动"，中国外文局副局长兼总编辑高岸明率外文局报道矩阵亲临左权并启动人民日报、光明日报、中国日报等央媒采风活动，活动中，我们中国外文局驻左权帮扶工作队向高局长汇报了左权县帮扶情况，呈上了县文旅局、文联等关于出版诗歌、非遗图书推进文化帮扶的请示，从那时起，左权诗歌协会诗集和其他两套丛书出版事宜进入了外文局的工作统筹，局办公室孙志鹏副主任曾在左权县麻田镇任职，热心而专业，他总在关键环节推动着诗集出版的工作，外文出版社、新世界出版社的责编们辛勤工作，都为了这几套丛书早日面世。因为，革命老区文化事业的发展也是乡村"五大振兴"的重要内容，是太行山乡村历史和自然风貌、太行山人心灵和情感源自灵魂深处的表达，需要汇入时代的洪流并展现给全中国、全世界的人们看，需要推介和宣传左权作为太行山上革命圣地"小延安"、鱼米之乡"小江南"、陆地桂林"最美太行"的山水人文，需要让更多的人知道这里人们的精神追求、心灵需求、最美风光，需要大家到左权来共同交流、发展，共襄乡村振兴之盛举！

左权这几年发生了巨大的变化，围绕"红色左权、清凉夏都、转型高地、太行强县"的特色乡村振兴日新月异，向国际国内展示着更美左权和更美左权人。韩建忠、乔叶、常丽红、李立华、于广富、刘利、崔志军、郝志宏、白帆这九位左权县的优秀诗歌创作者，正好从20世纪50、60、70、80、90年代依次递代生长，贯穿了社会主义建设、改革开放、现代化建设等阶段，共同汇聚于中国特色社会主义新时代，沉淀了几个时代的感受、思考和情怀，凝练了自身和时代共同经历的贫寒、苦痛、迷茫、欣喜、阳光和顿悟，伴随着时代一同发展和进步。九位作者，都生活在生产、劳动一线，而且多数都在为生活而苦苦地、匆匆地奔忙着，个别人生活尚处在基本温饱线，但他们没有停止精神的追求，没有放下善良和悲悯的情怀，没有抱怨命运的安排，更没有等靠要，而是努力奋发、自立自强，在各自的岗位上发挥特长、勤恳工作，而且保持火热、慈爱、奋进之心，带着精进的意志和思索、智慧的头脑，在太行大山上，在生活的征途中，踏歌而行。

实践的土壤给了他们创作的泉源，生活的磨砺给了他们不屈的魂灵，激发了他们创作的动力和灵感，九位诗作者向阳而生、用心比兴。乔叶，先天弱视，丈夫重病，一人扛起家庭重担，带着丈夫进城谋生，住过零下20多度的出租屋，在雇主家里做过保姆，在街头卖过包子，奋斗到今天，成为省作协会员、《左权文苑》执行主编；崔志军，做过农民工，做过厨师，后成为事业单位临时工并坚持创业，现为县诗歌协会主席；韩建忠，上山下乡当过"知青"，入伍四年三年班长，痴心红色文化宣传、剧本创作并颇有成效，多年来没有报酬却无怨无悔，而他充满感染力的朗诵传递着激情、热爱的家国情怀，不逊专业水平；白帆，晋中师范学院中文系毕业后立足自身专业，一边攻书法、写作，一边在工作之余创业，在地下室建了一个装裱店，可见他肩上的担子并不轻；郝志宏，历经村、乡、公安系统多个岗位，业余时间写诗，累且思考着、快乐着……九位诗人中，鲜有专业出身和传统意义上的文人诗人，仅有左权中学语文高级教师、中华诗词学会会员常丽红长期专攻古典诗词创作；东北师范大学中文系毕业的于广富，在高中系参加过诗歌培训、大学时创办文学社，毕业后在机关从事文秘工作，并在新华社《对外宣传参考》做过编辑……专业人士寥寥，倒是生活的磨难从不缺席，感悟生活、思考生活的秉性也从不缺席……生活中所有的苦难经历和折磨，都不妨碍他们对于诗歌的追求，不妨碍他们对于生活的热爱、思索和表达……谁说，生活大学、社会大学、人生大学不是最好的诗歌培训课堂？谁说，生活、社会、人生不是最好的老师？正因于此，他们才更接地气，诗歌的形式才更加质朴、表达更加执着，向上生长的力量更加强大！左权中学物理老师刘利在教学之余"写心写情写这人间百态"，他认为"诗是美的，诗是真实的，诗更是发自内心的""我妄图用最简单朴实的语言，表达内心里的种种，诸如爱、诸如恨、诸如忏悔、诸如怜悯、诸如思念、诸如纪念、诸如得失、诸如呐喊、诸如愿望、诸如希望……"当是这群太行行吟诗人的共同心声。

"梁志宏 / 手中捧着一束山花 / 这束满天星 / 等了他七十六个春夏 / 七十六年前 / 梁志宏的叔父十六岁 / 在这束山花旁 / 目睹了左权将军 / 在榴弹的爆炸中倒下"韩建忠《十字岭的山花》流淌着这座英雄城市对英雄的追忆和执着追求；白帆在《旧居里的木槿》旁浅吟低唱："时常有人在左权旧居 / 游走或是停留 / 迎来送往的时日累积 / 茂盛着院里的两棵木槿 / 我站在树旁 / 嗅一瓣花的滋味 / 连同历史咀嚼入喉……""告诉我旧寨在哪里？/ 旧寨还远不远？/ 我家是旧寨哩，你知道不？"崔志军的《寄往旧寨》用一位坚守老人的话道出对历史和家乡骨子里的思念；"我又在联想 / 许是佳人思君，泪流成溪 / 桥边栽下相思树 / 多年后 / 君子成树 / 树成君子"郝志宏巡游山岗，见《那棵沙棘树》矗立清溪和石桥旁，顿生相思；而李立华在《所有升起都簌簌落下》中感悟"白云升起 / 雨簌簌落下……所有升起都簌簌落下"的世间循环大道；悟道"上善若水"的于广富则在《此刻，我只与月光为邻》中感悟："水总是淡然而去 / 有很多的悲伤在微澜下面 / 激走，一些忧郁也在顺流而去 / 这样的时刻，总能让人的 / 内心，平静如水"；感恩的乔叶在《六月的海》中描述自己不仅时刻保持一颗感恩的心，且因此"面前出现了真实的大海／展翅飞翔的海鸟、辽阔湛蓝的海水／我在欢喜中醒来／哦,海是书／书,是我的心"生出进取之心;而刚出版了《漱玉心莲》格律诗作的常丽红在《将军峰》中,以笔为刀为曾经横刀立马、带领八路军指战员浴血战斗在这片土地上的彭大将军塑像,虽弱女子却愣是刻画出铁骨铮铮:"他就是一座活的山峰／巍然屹立,铁骨铸就,铮铮似你／手执望远镜,观山河,誓补金瓯／观风烟,欲刃雠寇／观村庄,欲挽民出水火／凛然,凭谁敢来叩犯"!

……

诗言志,志为心声;歌咏言,言亦为心声。当"志"和"言"皆为心声之自然流露、嘹亮飞扬,并与天地之浩然正气、人间之沧桑大道汇成时代之滚滚洪流,左权诗人,在太行山上的行吟、踏歌,将响彻华夏大地!

同时,诗歌是文学皇冠上的明珠。需要不断精进、攀登,甚至向苦而进,向苦而精,才终将千年流传。今年9月23日,正值秋分之日,我从桐峪镇出发,徒步八个半小时、七十华里翻越海拔近1500米的土门岭走到左权县将军广场时,诗歌协会的诸位同仁早已在广场等候,对我说:"有志者事竟成!"其实,他们是说给自己的——有诗者,事竟成!

值此左权县诗歌协会诸君精雕细刻的大作

即将出版之际，再三嘱我为序，推辞不过，愿以此为契机，以"外文局人、左权人、工作队员"的三重身份——

感谢中国外文局领导、帮扶办和各位同仁对老区的全面关心、帮助、扶持，感谢左权县委县政府和各级同事为这片土地的殚精竭虑、团结奋斗。

感谢左权人民，在这两年多的帮扶工作中，给予我各方面的帮助和关怀，我真心感到革命老区"人人是教员、处处是课堂、时时受教育"，这座山和这座山上的人们对我的恩泽，一生感恩不尽、受益无穷。

感谢外文局驻左权帮扶队各位队友和社会各界人士，一同为革命老区脱贫攻坚、乡村振兴做出的无私奉献和一致努力！我们有理由相信：俗称"表里山河"的大美山西，在三千万三晋同胞和十四亿华夏儿女的共同努力下，乡村振兴将伴随中华民族伟大复兴的脚步，铿锵有力、踏歌而行！

是为序。

楠 杰
2023年国庆

# 千夕静读，一念成痴
## ——赏读老留新诗

苏宝银

不隐恶，不粉饰，本色人生，智慧结晶，发人深省，我喜欢这样的文字。

老留是我曾经的学生、同事，如今的文友。他学的是高度理性的物理专业，爱的是浪漫奔放的现代诗歌。正是这样矛盾的思维，使他的诗歌别具一格，细腻的笔触不乏理性光彩，理性的沉吟里满是真挚情怀。

去年秋天收到他送的4本诗集，厚厚的一摞，仅从数量上看，就已被他的勤奋惊服。一个理科生却钟情于文学，沉浸诗海文泉，着实令人油然而生敬意。翻开书卷，4个部分都以"念"为核，分为挂念、贪念、留念、纪念4部，四念一体，成为"一夕千念"系列作品集。我觉得这部书已编辑得非常好。而今计划出版诗集，各种原因吧，重新整合出一本新诗集《一棵松树的涛声》，多从这四念中割爱抽取，萃华滤精，再添加近期新作，着实是精华中的精华，分为"夜晚，天空有一弯明月""朝拜的意义""一场雪惊艳了人间""窗外，总有惊喜""一棵松树的涛声"5个部分，是对老留诗歌的最好总结。但我更喜欢原汁原味的四念集，它像日记一样真实记录着一个人的成长史，从中可以读出一个人喜怒哀乐的心路历程，更接近生活本身，像一条诗史长河，每首诗像一颗颗珍珠事无巨细，随着作者的真性情滚落诗海中，把一个人对生活的思考与热爱和盘托出，捧出灵魂深处的真，表现出诗人的率性与诚心，让诗歌变得更纯粹，更自由，更傲岸不屈。

我喜欢这样的文字，虽然短小却无不注入热忱，虽然朴素却无不透着烟火气。窥斑见豹，老留的诗自成风格，读几首走进他的诗世界，会发现不一样的乾坤。下面，我就和大家一起读《挂念》中的几首诗，从冰山一角里，一起感受老留诗歌的风格，沉醉老留诗歌的魅力。

老留的诗给我最大的感受是简短有力。他是理性的，他的诗里无不透出对人生的哲思。他又是感性的，他的诗起笔都在情境中，这些情境正好也是普通人的生活体验，极易让人读进去，陷入诗的魔罩中，一起走进诗中的生活场景中，随诗人的情感起伏而跌宕，也就是说极富感染力。

在《爱》这首诗中，"右手在左，左手在右／左手握着右手，右手挽着左手／彼此左右／千难万难，也不放手"。作者从左右手关系切入，带我们思考一个家庭，一对夫妻的平凡人生，矛盾冲突又不离不弃中相伴终老，正是《诗经》"执子之手，与子偕老"的现代版，爱是质朴无华，简单纯真，能保有这样的信念，走过一生何其幸福。爱情在诗中并没有高大上的出现，也没有海誓山盟的激烈，彼与此已是无法分辨的夫妻相。《烟》是怀念，是孤独，是越怀念越孤独的感觉，是李商隐"此情可待成追忆，只是当时已惘然"。"烟火的光，和着夕阳／点燃珍藏的你／只剩寂寞，萦绕"。思念里有珍藏着的人和故事。《聚》中"与一群年龄相仿者一起／喝酒，也吃肉／另一处甩不开的下一代／发疯，也耍帅／大人们不是酒肉朋友／下一代／也是志同道合"写出代代相传的一种交友观，因为志同道合，而不是酒肉朋友。

老留的诗善于再现生活场景，捕捉日常生活中人物的典型语言、动作等，以鲜活的细节塑造诗歌形象，在反复中强调平凡，从而感染读者，并在结束时用一两句简洁的话语道出深意与深情，令人回味无穷。

《对话》只用一连串母亲与孩子的对话，

在极其平实的家长里短的和谐问答中盛满母亲浓浓的关切与疼爱。《同学》里同学见面后一个"搭"的动作亲密又生疏,毫无保留地倾诉,毫不设防地酣醉,"不是因为你了解,而是因为你理解"。《高粱红了》生动勾画了游子归乡见到父母的情景,那途中"近乡情更怯"的电话,那见到儿子时,母亲惊喜得语无伦次的寒暄,那不苟言笑却难抑久别重逢激动的父亲不停抖动的烟卷。一家人和和美美团圆的满足和笑容,就如堆在大场上闪光的红高粱,显然作者的诗题里有很巧的匠心。《没了》用对比手法对家的概念作了诗的诠释,有中无,无中有,即使房在,兄弟在,爹娘没,故乡没,爹娘就是你永远的故乡,有爹娘的地方就有故乡。

老留的诗善于截取生活片段,并集中于某一特殊的意象中隐喻现实,象征理想。诗歌表达了对故乡浓烈的思念,渗透着绵绵无尽的乡愁。

我最喜欢《炕头》这首诗,本诗收入新诗集的第四辑中。诗中"炕头"是个特殊的意象。下雨下雪天,最想的就是老娘的热炕头。那是贫穷的过去,又是温暖的童年。诗人抓住娘刮锅底的声响这个细节,视听结合,穿越时空,将这声响化作对过去的祭奠,也是对母亲、家乡的思念。"那声响再一次传入我的耳根，传入我的心底，让我的眼泪禁不住滴落，烧灼着我的心"，给人一种"子欲养而亲不待"的悲怆感，这是游子对亲情的渴望，也是对母亲的牵挂和愧疚。与此诗同工异曲的是另一首《土炕头》，诗中有对童年的回忆，有母亲温馨的唠叨和叮咛，土炕烧热的温度是家永远的温暖。两首诗的诗意里没有贫穷的苦涩，只有对快乐童年的无尽留恋，炕头的温度就是家的温度。作者用"热炕头"这个意象，非常恰当地描绘了作为孩子的"我"的小心思，表达了我对家的强烈情感，而母亲是让这炕烧热起来的核心人物，母亲就是家，就是温暖与安心。《赶在日落前回家》中，日落前是个重要的时间节点，也是父母健在与否的代名词，更是能不能回家的关键，作者巧妙地用"日落"这个意象，一语多义，将自己对家对故乡对灵魂归宿的思考融入这个意象中，形象地表达着对人生意义的思考。回家，归去，蓄积半辈子的力气，花尽一生的心事，为的就是可以在日落前回家，回到安定，回到闲适，回到人生的起点。其中"归巢"意图，暗示传统的归根归隐思想，同时探索人生归宿，人从哪里来应再回到哪里去，不要半路迷途，应归于安宁，归于天长地久。这一特殊的意象，撑起一种信念，使诗意非常有张力。

《最后一封情书》抒发了对故乡对亲人的眷念与思念，情感高亢激烈，是一个游子常年身在异乡，无法归乡思念成疾的真实写照。诗歌以情书的形式表达对故土亲人的热爱与思念，无处寄邮，不用再贴上邮票，无法邮寄，郁结于心，那里已非人境，炊烟无法抵达，世俗的"我爱你"化作绝望的火焰，永与卿绝，"此恨绵绵无绝期"沉痛地表达了游子已无故乡与无法归乡的痛楚。

老留的诗多数是现实主义作品，老留的心更多是奔放的浪漫主义，他试图用诗歌构筑抒写理想的通道。正如周涛在《下辈子干什么职业》中所描绘的那样，诗人也想拥有一个无拘无束的人生，想要"顺木之天以致其性"的生活。老留在《行走的梦》中也绘制了幸福的蓝图，他展开想象的翅膀，构建了理想的梦境，占据滂沱大雨洗尽的世界中心，亦真亦幻，现实与理想交织中抒写着所有诗人的理想人生，表达了对这个世界的痴恋。那里有母亲烤出的香月饼，有开通另一境遇的钥匙，有爱人和孩子，有可以做个真正诗人的舞台。《我是一只扑火的飞蛾》则是暴露出诗人偏执的一面，爱的纯粹、炽热，如飞蛾扑火，上天入地，今生来世，我的去留，在于你的需求。诗中牺牲一切的爱无私而热烈，纯粹而卑微，表达着所有理想主义者的悲壮，虽千万人无往矣！

老留的诗中不乏对自我的反省与对人生的思考，在深刻的反思中守正拓新、匡正前行。这使老留诗歌在坚守传统的基础上，走着一条独特的路。

《叶落时，我看见没落的自己》是对自我的反省，关于叶落的场景，切换着童年、成年、儿子的童年等几个画面，对比渲染中抒写着诗人起伏不定的情感。那些记忆深处的喜悦尘封于树林，那些珍贵的萌动都埋葬在记忆里，成熟冷静的"我"因为长大而失去了童真，没有激情，再也不敢触碰关于"根叶"激起的热情，写出了成年人共同的悲哀与衰败。《把日子过得热泪盈眶》同样反思人应在真实中生活活出有滋有味的真性情，不应不痛不痒地哭笑。《风水学》道出中国人传统观念里的家族意识，风水似乎是关于未来的学问，一块块地决定子孙的前程命运，而修补是改变的后天动力。《我们》中"君子之交淡如水"，极其平淡的相处方式与轻描淡写的"从来不腻"，近乎全口语式的表达，却形成强烈对比，发人深思。不腻于平淡，平淡却永不平庸，却保持了永恒的情感，似乎是两条平行线永不相交，却也不离不弃，紧紧相依。

老留诗歌给我们更多联想与启发。老留诗歌充满人间烟火气，写的是人间亲情、友情、爱情，很接地气地用生活细节去展现场景，从平凡的生活中寻找人生真谛，使读者自觉参与到诗的场景中，与诗人一起飞扬，诗人同时也非常善于飞扬在想象的世界，构建自由天堂。

　　静读老留诗歌，读出一种生存方式，读出一种人生境界，读出一种人生理想。一念成痴，受益匪浅。老留的诗歌也让我们重新思考：我们怎样写诗，我们写作的意义是什么。

　　以上是我读老留诗歌的一点感受，算作是抛砖引玉吧。祝贺老留新诗出版，愿老留在诗歌这一精神家园里快乐生活，走出自己的新诗新路。

　　（作者系山西省榆社中学正高级语文教师，山西省作家协会会员。）

# 目 录

## 夜晚，天空有一弯明月

还是最初的样子 /3
视力 /5
抄写过一部经书 /6
读《西游记》 /7
文庙的山门紧闭 /8
爱情 /9
推断 /11
需要强迫自己接受的 /12
乳名 /15
水做月亮 /16
不为一个逝去的老人感到悲伤 /18
夏，至后 /19
清明·无祭 /20
夜晚，天空有一弯明月 /22
纪念·有三 /24
土炕头 /26
风水学 /28
对话 /29
味道之外 /30
在落日里游荡 /33
风 /35

| | |
|---|---|
| 这个样子的人生 | /36 |
| 上上下下 | /37 |
| 酒后 | /40 |
| 不愿记录舍弃 | /41 |
| 没了 | /42 |
| 炕头 | /43 |
| 秋雾 | /45 |
| 悼 | /46 |
| 后来 | /49 |
| 无关 | /50 |
| 对话 | /51 |
| 矫情 | /53 |
| 贴补 | /54 |
| 最后一封情书 | /55 |
| 旱柳 | /56 |
| 柳絮 | /57 |
| 为你写一首诗 | /58 |
| 爱 | /59 |
| 偶感 | /60 |
| 高粱红了 | /61 |
| 行走的梦 | /63 |
| 赶在日落之前回家 | /65 |

## 朝拜的意义

| | |
|---|---|
| 年少时去过一个寺院 | /69 |
| 抬头，得见苍天 | /70 |
| 菩萨，只保佑自己 | /71 |

| | |
|---|---|
| 体验 | /72 |
| 业障 | /73 |
| 秋深了 | /74 |
| 身份 | /75 |
| 入口 | /76 |
| 没落 | /77 |
| 晚晨 | /79 |
| 揪心 | /80 |
| 一场秋雨过后 | /81 |
| 避难场所 | /83 |
| 分野 | /84 |
| 悲伤，总来自欲壑难填 | /85 |
| 向天而歌者 | /87 |
| 9月9日前后 | /88 |
| 雨水日，无雨落下 | /91 |
| 在八月十五日保持沉默 | /93 |
| 天命 | /95 |
| 在风中 | /96 |
| 朝拜的意义 | /97 |
| 在山野徒步 | /99 |
| 悟空 | /100 |

## 一场雪惊艳了人间

| | |
|---|---|
| 冬至日记事 | /103 |
| 总有一场雪不在情理之中 | /105 |
| 雪，下在年前 | /107 |
| 冬夜，起了冷风 | /109 |

春寒，终于演化成一场大雪 /111
悲观日记 /112
这个冬天不止一次看到窗花 /114
立冬，自言 /115
冬日里的一场伤 /116
雪 /119
一场雪惊艳了人间 /120
一场雪压不垮寂灭的灵魂 /121
纪念 /122
但在不可预见的未来 /123
无题 /125
初雪吟 /126
乌云 /129
黑夜 /131
烟 /134

## 窗外，总有惊喜

立秋 /137
等待 /139
傍晚 /140
七彩的风景 /141
生机 /142
远方，有约 /144
狗尾巴草 /145
记事 /147
窗外，总有惊喜 /149
记不清了一个彩色的梦 /151

| | |
|---|---|
| 不入味 | / 152 |
| 刮大风的春天 | / 155 |
| 端午 | / 157 |
| 深秋，云朵静止在天空上 | / 159 |
| 坐在楼下的台阶上 | / 161 |
| 走出 | / 162 |
| 初夏，总有入秋的感觉 | / 164 |
| 听光 | / 166 |
| 正月记 | / 168 |
| 微物志 | / 172 |
| 大风歌 | / 174 |
| 秋天把太阳装扮成满月的模样 | / 176 |
| 背后的山腰上 | / 179 |
| 西南方的山巅 | / 180 |
| 向日葵和垂柳 | / 181 |
| 夜空 | / 182 |
| 泛白的阳光 | / 183 |
| 一地槐花 | / 184 |
| 记思 | / 186 |
| 春日杂记 | / 188 |
| 秋日思 | / 190 |
| 秋分无风 | / 192 |
| 最痛快的一天 | / 194 |

## 一棵松树的涛声

| | |
|---|---|
| 积郁 | / 199 |
| 雨中置身大棚有感 | / 200 |

| | |
|---|---|
| 像一盆水那样把自己泼出去 | / 201 |
| 秋日,徒增一份悲伤 | / 203 |
| 一棵松树的涛声 | / 205 |
| 酷热的日子 | / 207 |
| 新念 | / 209 |
| 象征 | / 211 |
| 我们 | / 213 |
| 总有一种热闹使我孤独如初 | / 214 |
| 把孤独作为一种态度 | / 216 |
| 唤,不回 | / 217 |
| 妄,言 | / 220 |
| 拼凑起来的热闹 | / 222 |
| 腊八节,没有腊八粥 | / 223 |
| 一束反射的阳光 | / 224 |
| 落日 | / 225 |
| 心思 | / 226 |
| 小白 | / 227 |
| 面对 | / 228 |
| 突然 | / 229 |
| 韵,不知何味 | / 230 |
| 念李白 | / 232 |
| 我是一只扑火的飞蛾 | / 233 |
| 叶落时,我看见没落的自己 | / 235 |
| 把日子过得热泪盈眶 | / 237 |
| 聚 | / 238 |
| 这样的日子 | / 239 |
| 埋藏着的一些 | / 240 |
| 无题 | / 242 |

| | |
|---|---|
| 寒春记事 | / 243 |
| 决裂之问 | / 246 |
| 无奈的叫嚣 | / 248 |
| 二月二 | / 250 |
| 狗腿 | / 252 |
| 自焚 | / 253 |
| 忏悔 | / 254 |
| 影子 | / 255 |
| 面具 | / 256 |
| 总该说点什么 | / 257 |
| 你的车灯没关 | / 259 |
| 想写一首诗 | / 260 |
| 远方，有来信 | / 261 |
| 这么好的诗 | / 262 |
| 拨通你的电话 | / 263 |
| 活着的方式 | / 264 |
| 同学 | / 265 |
| 放肆 | / 266 |

**后记：诗给了我温厚的救赎**

**跋：歌飞太行情意长**

夜晚,天空有一弯明月

## 还是最初的样子

一

一只手抄写经书
另一只手抓到一只飞蛾
我默念"阿弥陀佛"
并庆幸
抓飞蛾的手
没有学会写字

二

有一个月的时间
睡在
记录我童年的土炕上
为我的远走
赎罪

三

走不进佛法的世界
脱离不了世俗和肉糜
放不下亲情和诗

于是我就
还是我最初的
样子

## 视力

躺在褪了油漆的沙发上
脱掉眼镜的我
看不到视力表最上面
躺着的英文字母
我想它也一定看不见我
就像这个世界上
很多时候只是自己
不知出路

## 抄写过一部经书

用半年时间抄写一部经书
完毕
赶上一场像样的春雨

功德算不上,圆满也算不上
遗憾,终究还在
中断的日子,在为你念诵
你没有回应
就像此刻,落下来的雨
没入干旱的土地

你最后的居所,有预留的缝隙
为山川大地的脉气可以进入你的身体
摆渡你的灵魂,入极乐之地

放下,重新开始
如这经文中的要义
无为,无常
无我,无相

## 读《西游记》

晚霞红彻西天，似佛祖的金身入凡尘
想为五行山下历劫的悟空辩驳
却无言以对
转而为三藏
无量功德吟唱，随口诵出
《般若波罗蜜多心经》
揭谛
劫难，是定数；福荫，亦是定数
皈依，当从超度自己开始

### 文庙的山门紧闭

紧闭的山门外向下的台阶有几百阶
每一阶都足够我躺下睡去
学大殿顶部那一只彩色的鸟
在枯死的榆树上涅槃重生

## 爱情

从你采下美丽的
山花,到我们的屋前开满
各色的花,是一年

从你脱下自己的
棉衣披在我身上,到我们的屋檐下
堆满柴薪,又是一年

从你背起我蹚过湍急的
河流,到我们相依而眠醒来
继续前行,又是一年……

从你为我的远行落下
热泪,到你用微笑为我的不再
回来送行,又是一年

我们一起走过的
那数得清的一年,在你和我当中
一个的最后

日子里，储备了
足够你我用到
最后的欢乐
又是数不尽的一年

## 推断

太过洁净的水里
生长不出鱼虾鳖蟹,甚至虫蛭

太过洁净的土里
生长不出五谷杂粮,甚至野草

太过洁净的人心
生长不出刻骨铭心的爱,甚至仇恨

如此,肮脏龌龊
也绝不会是这个世间本来的样子

## 需要强迫自己接受的

一

如果可以，强调一下
太阳升起的地方
并不是温暖的地方
就像，埋葬我们的地方
一定不是我们出生的地方

二

最无所畏惧的，走在路上
修再多的路，也总有
想去却没有路可走的时候
就像，我满怀信心去看你
竟找不到你的住所

三

于是，我选择祈祷
选择像朝拜一样
在没有佛像的寺庙里跪地
脑子是空的，言辞

也没有具体所指

四
一旦关上门，窗户
就会哗啦啦响
说是告别什么
倒不如说是割舍
或者只是因为陈旧，而后
摇摇欲坠

五
女人们，总会有女人味
就像再不称职的母亲
也是母亲，所以
那些伸出魔爪的人
人间容不下，地狱也不愿收留

六
冬季的野草，用枯黄
告诫我，世间需要等待
就像当年断了的弦
接起来时，还有声响
只是我没法控制它
或者高亢，或者沙哑

## 七

还有一件事：笑而不语

和，默默无闻

其实，一样的无奈

无助，哭到没有泪水的时候

痛苦，就会根深蒂固

## 乳名

开始叫我乳名时
我正在
娘亲的怀里
隔着一层单衣

最后叫我乳名时
我去往
娘亲的怀里
隔着一层黄土

## 水做月亮

去过月亮上的人说
月亮上没有水,没有温柔
就好比忘年的老友离去后
再未与人谈起文人相轻的话题

试图用回忆,或者靠祭奠弥补
竟好比秋天深了之后
落在黄土堆上的喜鹊
也在鸣唱,却总夹杂悲怆

水压过泥土、顽石
心头的那一滴朱红的血
蔓延至这天地间
血缘之外
体会出最真实的快意恩仇

月高悬夜空,我低着头
踩踏幻影里的模糊、孤独
直至土堰被荒草淹没

直至接受亡故
水,卷起黄沙古渡永久的情劫

从背后,或者面前飞驰而来的
从天上,或者地下蒸腾而起的
除了让这世间多一份包容
也让这人间多一份色彩
所以,那座桥
不止维系着一个传说

荒凉,不会叫我恐惧
生机,不会叫我无所畏惧
即使是滔天巨浪
也不会叫我心生欢喜
就像这通往未知之地的路
绵延的反而不包括心境

## 不为一个逝去的老人感到悲伤

休眠一整个冬天的松和柏
直起腰身,迎接大雁南归
迎接山坡上桃花盛开
我坐下来,铺开发黄的宣纸
把生和死两个字
写成甲骨文、大篆、小篆
再写成隶书、楷书、行书
到要写成草书的时候
我做了很久的停顿
思考如何让笔画
更流畅一些

## 夏,至后

一年内,泣别三人,犹在
七十二岁,九十四岁,八十三岁
二四三,和二三四,不同
可疼痛相同、失却相同
就像,我的身上越来越多你的影子
就像,当初哭着的时候
只看见,眼前你似乎只是熟睡

或者我,可做个梦,忘记
逝去的亲人,只剩我,和思念

## 清明·无祭

一

没有雨,甚至没有云
没有酒,也没有醉
甚至,连思念也略显疲惫

二

忘记了,最后一滴泪
流下,是否是因为别离
生和死,已不再泾渭分明

三

就像,昨天驻足在架空的电线上的喜鹊
再卖力地鸣唱
也打不通夜幕下漆黑、悠长的路

四

就像,黄土地下长眠的亲人
再旺盛的香火
也寻不到当初约定的守护

五

所以无言,所以无泪

所以无祭,所以需做作

所以情愿,漠然无情

六

或许唯有当自己死后

才能,领会死亡带来的离别

是为离别,是为相聚

七

梦见与想见

都有别于相见,恨难

亦,恨晚

## 夜晚,天空有一弯明月

思念久了就成为纪念
比如,这端午节夜晚
西天的那一弯明月
比如,遥远的远方
那一个牵挂的人儿
比如,此刻蜷缩着
写一首关于夜晚和月牙的诗

不去回想年少时的
梦想和愿望
不去怀念,不去
刻意忘记曾经的刻骨铭心
点燃一支烟
点燃逝去的时光,和
时光里逝去的青春

用力地吸纳雨后
空气中弥漫着的水
就像这个寒春之后

炎热的夏天
雨下得很少很少
却总是带给人希望
叫绿草如茵，叫绿树成荫
叫花开为园

# 纪念·有三

一

纪念，我的父亲
去世整整一年
我还未模糊
关于他的任何一点记忆
这场，至今，我弄不清
是天灾，还是人祸的
瘟疫，阻挡我
去他的坟前，诉说无情

二

纪念，我的父亲的老友
离开仅仅一十四天
我还未接受
这样的事实，总关注
他的微信头像
总想编辑一条信息
祝福，或者，请教
虽然，祭文已定稿

虽然,悼词已昭告天下
就连用来纪念的诗文
也已,无人关注

三

纪念,几个死去的医者
离开,都在这几天
因为职业,因为未知的病魔
因为没有逃避,因为尽责
因为为众生抱薪
我只,立一块墓碑
空白,不刻一字
或者刻一条竖线,上
入天,下,入地

## 土炕头

**一**

终于得空回家,睡娘的
热乎乎的土炕头

**二**

幸亏,天突然转凉
娘把土炕头烧得滚烫

**三**

灶洞里的火苗,把娘黝黑的脸
照的通红
我像儿时一样
趴在炕沿看着,回想着

**四**

我睡在父亲曾经睡过的位置上
学着像他一样,侧着身
看着娘,听娘唠叨

五
娘一夜睡得很实
像极了儿时熟睡着的我

六
眯着眼,装睡
听娘切南瓜,切土豆
切大缸里捞出来的老咸菜

七
娘叫我起床,吃饭
我吃着,娘看着,笑着

八
走的时候,娘说
有空就回来,娘给你把炕烧热

## 风水学

与父亲谈论关于百年后
坟地的选址,父亲显得格外庄重
话里话外,并未涉及自己
只是强调坟地对于子孙的庇佑
我用心地识记,尽最大的可能理解
修葺的思路渐渐清晰
不能修葺的补救也胸有成竹
正襟危坐的父亲,面带笑容
似乎在感激我的言听计从
又似乎在庆幸有生之年
还能将关于埋骨之地的玄机说明

## 对话

嗨,饭好了
快来吃
我不吃
为什么不吃
我太胖了,
你看我腿粗的
太难看了
我要减肥
谁嫌你胖,嫌你腿粗了
快吃
饿出毛病来还得吃药呢
噢,我吃

## 味道之外

1
十岁的女孩,说
果然,男人一样
都是酸臭酸臭的味道
爸爸,爷爷,叔叔
只是,除此之外
还有其余未遇见人的味道

2
母亲托人捎来的
土鸡蛋,自种的应时蔬菜
淡绿,翠绿,墨绿
都是夏天酷热的味道
只是,除此之外
还融入了母亲手掌的味道

3
一个内心温暖的人
作为英雄合适的墓志铭

所有人都在怀念
像怀念鸟鸣和水流一样
只是,除此之外
还有伤感之中眼泪的味道


4
做一个局,局里是现在
局外是过去
唯独不设计未来,不涉及
纠缠不清的爱慕,或憎恨
只是,除此之外
还有值得破开的味道


5
燃得最旺的那一炷高香
落得最快的那一块巨石
与其说寄托着希望和祈祷
不如说预示着死亡和绝望
只是,除此之外
还有童年女孩梦的味道


6
这个夏天,注定孤独
也注定心向远方
肆虐的疾疫,洪水

罪恶,无知,无耻
只是,除此之外
还有这人间温暖的味道

## 在落日里游荡

一

西边的天空，微黄
天空的云朵，漆黑如墨
我的脚步不停，漫无目的
田野深处，久未亲昵

二

通向自然的路弯曲
望不到尽头，太阳既已落去
就借星光指引
向遥远处抒发胸臆

三

和儿子讲述掉落水塘时的哭泣
月牙湖，是水塘的名字
诗意的称呼，消除了恐惧
也诗化了儿时记忆

四

为儿童专设的篮球场地
少年奔跑，不惜气力
暗下来的天色，和升起来的热气
混合成天空下希望的风景

五

夜幕下，一切都呈现褐色
点亮的路灯，和松柏的墨绿
以及远处女人的歌声和狗的吠叫
打破这夜的死寂

六

避难场所的门，禁闭
粗壮的铁锁，满是锈迹
证明，这个人间
已是长久安宁

七

冬日的冷风钻过衣角的缝隙
我在车流里止不住战栗
就像这歌舞升平的世界里
稍有，真的安宁

# 风

从敞开的窗户灌进来
中药的味道
弥漫成
一幅烟雨江南

从敞开的衣服灌进来
汗液的味道
弥漫成
一腔孤勇伤感

树和树叶都在摇曳
光和影都在婆娑
你还在遥远的梦里
我还在做梦

如果你回得来
我其实已经回不去
所以,这风
就是我们的往事

## 这个样子的人生

一天之内,在四个地方间奔波
分别是家,墓地,老家,单位

家是我自己的,有妻,有幼子
有冬天里,仍然盛开的腊梅花

墓地的主人,是梅花的先主人
离去时,没顾得剪开败的花枝

老家的屋子里,有老娘,还有热面条
和一只流浪而来的猫

单位里,有喜欢的,习惯了的
有厌恶了的,不齿的,污浊的

# 上上下下

一
坐下,就矮了
站上,就高了
虽然板凳,仅有五十公分

二
腰和腿之间,靠什么连接
是虚浮的肉
还是柔韧的筋
或者,仅凭一口气

三
还是有一个可以依靠的椅背
来得舒服一些
至少可以跷起脚,盯着
沾满泥土的鞋,用呼和吸
感受,天、地,同在

四

四方的灯,和四方的钟表

一样告诉我黑暗

一样告诉我死亡

告诉我人生的终点,和起点

五

辣椒应该生长在田野里

就像我宁愿躲藏在黑夜里

透过夜幕,细数星星的个数

穿透泥土,吮吸深处的甘泉

六

妻子告诉我的秘密

总能在母亲那里得到印证

所以,我总像顾及母亲一样

顾及妻子的感受

七

父亲不在了之后

再也找不到一个可以效仿的人

即使努力回想

也难有儿时的理直气壮

八
学习做自己的父亲
也学习做儿子的父亲
突然怀念,父亲
抡起板凳砸在身上的感觉

九
没有记住疼痛是什么样子
没有记住甜蜜是什么样子
或者,它们本就像这漆黑的夜
看不见任何样子

十
哀乐,是这个时候
最合适的样子
除了哭之外,还可以
笑着流泪

## 酒后

三五男女
用最恶毒,最下流的言语
细数与父亲的
怨

叫我莫名怀念
抽打我的
父亲的
巴掌

## 不愿记录舍弃

如果哭诉可以,我情愿
让血,从眼角迸流而下
汇入小溪,汇入大河
融于茫茫大海
如果哭诉不可以,我姑且
笑脸相迎,僵持成壁画
以期千万年后被一种
我可以接受的方式祭奠

## 没了

房顶的瓦
屋檐裸露的椽、檩、梁头
门前石砌的台阶
都完好无损
家里的大哥还
正值壮年
可是,爹和娘没了
家,就没了
故乡,也就没了

# 炕头

下雪了,天真的冷了
好想老娘的热炕头

被岁月磨砺得变了形状的炕沿
老娘总是擦得油光发亮
用了几十年的漆布
漆已掉了大半
靠北边墙头的一角
是寒冬里我们三兄弟嬉闹的地方
老娘在锅台前忙碌的身影
是一道记忆里最美好的风景
灶台里的柴火烧得正旺
老娘的脸被映照得通红
额头的汗珠晶莹透亮
老爹背靠在铺盖卷上
看着我们的嬉闹
时不时伸手把弟弟从我们身下拉出
灶台里的柴火燃尽的时候
老娘掀开锅盖的声响
就像一道命令

让我们自动围成一圈
伸出胖嘟嘟的小手争抢
玉米面做的窝头和萝卜腌的咸菜
老爹总是在我们争抢完了之后
才起身围过来，把弟弟抱在怀里
老娘总是只舀一碗米汤
坐在灶台旁边慢慢地喝着
可以数得清米粒的米汤
照得出老娘额头的皱纹
我们很快吃饱喝足
又继续到炕的另一头嬉闹
老娘把余下的半个窝头
塞给老爹，细细地捡拾起
炕头上我们掉落的碎末
放进自己的嘴里慢慢咀嚼
然后顺手拿起老爹的大碗
满满地舀一碗米汤
老娘用饭勺划拉锅底的声响
再一次将我们的嬉闹打断
老爹长长的叹息声
再一次传入我们的耳根

传入现在的我的心底
我的眼泪禁不住
滴落
烧灼着我的心

## 秋雾

中秋的早晨,迷雾重重
看不清远山的轮廓
寻不得未凋落的菊花的颜色

驾车慢行,路人匆忙
广播里述说的各种悬案
谜团重重,线索繁杂

困意难消的我,无力评判
这世界间的真假善恶
正如我,这几十年从未失德

# 悼

一

最后一句话,是关于
这个春节的去向
提及叮嘱,提及陪伴
唯独,不提及想念

二

倒地不起,只在瞬间
没有遗言,甚至
没来得及感受
痛苦与折磨

三

不止一次说起,怎样
死去,不是畏惧痛苦
只是乞望,少有
拖累,少有不忍

四
天不尽遂人愿
却能感知善人念
用最快捷的方式结束
悄无声息

五
我知道，不只我
理解你的孤寂，与胸怀
我知道，冬日盛开的梅
花香里，尽是你的清白

六
就像你，仅把
出自泥土的
东西
作为食物

七
哭过之后
才想起，你从未愤怒
除了隐忍和叹息
便是微笑与坚持

## 八

清理你的衣物

二十余年的，都还在

去年的，还未着身

也好，不必再置

## 九

不置，可

不置，否

## 后来

除了梦和回忆
再未与你相遇
就连哭泣
都不敢再流下眼泪
万年青
青不足一万年
此生，有憾
烟蒂，熄灭
余留温度，以及灰烬
冷？暖？
打个喷嚏，或者大汗淋漓
长大的树，穿破天空
掩盖刻下的名和姓
以为，分离是尽头
却又从此开始
无尽……

## 无关

想起你,因为安静,因为夜色和呼啸的风
一帆风顺的叶子,在窗台上规矩地摇晃
一身疲惫的中年人,在罗圈靠椅里规矩地打盹
印满电话号码的黄页,垫高电脑的显示器
头抬起来了,颈椎的疼痛像是减去几分
盯着日光灯管看
最终模糊了光,和影
那盆带刺的仙人球,那片落叶的玫瑰
挂钟表的墙上,有一个预留的倒线盒
深不见底
这夜,只是初冬
这风,只是寒冷的预热
该回家了
被窝,和床,和明早窗帘缝隙的阳光

# 对话

一

种一棵竹，靠一杯清水
和穿透玻璃窗的微光
一节，不足一寸，却已高足三尺
看她，像与头顶神明
说尽，窗外天空湛蓝的颜色

二

种一棵梅，靠一抔黄土
和取自地下三百米处的清水
最寒冷的冬天，花开得最旺
看她，像与点点星光
说尽，远处山峦墨绿的颜色

三

种一棵针掌，靠一盆粗沙
和来自天空的无根之水
夏抽叶，冬化针，一为二，二为三
看她，像与这人间相偎

说尽,天空深处云朵洁净的白

四
种一棵鹅掌,靠一捧黄土、粗沙
和来自山间的溪流清水
寸许到尺余,到三尺有余
看她,像与家人相依
说尽,山脚潺潺流水清澈的亮光

## 矫情

活着活着，就忘记了
为什么记住，又为什么忘掉
搞不清爱和恨的界限
也搞不清铭记与忘却的滋味
所有的往事和故人
都不在，又像是都还在

## 贴补

三弟终于要娶媳妇了
我把父亲养了两年的猪卖掉
换成一摞红色的钞票
父亲颤巍巍地说：
哪有这么多
眼里竟然满是泪光

## 最后一封情书

我最后一次写下这样的一封情书
是悲戚的,一行一行的碎梦
仿佛在地狱边缘行走
地址不在炊烟所能到达的高处
天空阴云密布,还有一种寂寥
不用再贴上邮票
名字也不用再次提起
怀念,或遇见一生的情景
当我写到最后一个"我爱你"
发现火焰,已燃尽思念的味道
以至绝望
只有风能进入我的身体
看不见你,却说得出你的样子
我的情书已经结尾,不论昼夜
故乡都在纸上,铺满阳光

## 旱柳

洁白的絮,提醒我
冬天才刚刚过去
干枯的叶,告诉我
冬天就要来临

而我,只是记起
恋人归来柳叶曲的调子
和亲人离去哭丧棒的冰冷

## 柳絮

经历一场不会融化的雪
不会没入泥土,不会蒸腾成雾

白,就像当初
跪送亲人的离去,哭声里
除了悲痛,还有决绝
不诉说生机,以及希望
不惑之年的人,终归要
面对诱惑和舍离

## 为你写一首诗

想为你写一首诗,哪怕
只是一二三,最多加上四

一,表示一生一世
二,表示相守相依
三,表示不离不弃

我知道
除了你的模样和味道
其余的都成不了诗

所以,我就说
四,你才是我能写出的
最美的诗

# 爱

右手在左，左手在右
左手握着右手，右手挽着左手
彼此左右
千难万难，也不放手

## 偶感

公交专用车位处
高大悠闲的公交车开走后
矮小匆忙的私家车停停走走

黑色与白色居多
偶尔有银灰色
或者红色
或者天蓝色

正如，你走之后
遗留给我的这个世界
并非非白即黑

## 高粱红了

盼了等了好久
终于安排妥当所有的事情
踏上回家的路

疾驰在深秋的雾霾里
忘记了速度
只为早些看到年迈的爹和娘

快到家的时候
给娘打去电话
总是如此
为了娘不再为我做好吃的饭食
为了突然出现在娘的眼前

娘的眼睛里满是泪花
问东问西
所有的牵挂却没有一句说得清楚

爹的手不住地发抖

慌乱得连烟卷也掉落在地上
看不出是在笑
还是在哭

火红的高粱,堆在大场上像小山一样
在阳光下闪着光
爹和娘脸上洋溢着满足的笑容

## 行走的梦

天还没有亮起来
一群叽叽哇哇的孩子
早已追逐在宽阔的田野

找不到摩托车钥匙的我
跨在真皮座椅上肆意地狂奔
穿过孩子们间隙

闪着晶亮的光的钥匙
挂在深邃的夜空
我只微微抬手便将它握在手心

无路可走的时候
一架入云的木梯把我托向
太阳升起的地方

繁忙的阿妈
熟练地烤着浓香四溢的月饼
油亮的核桃壳散落一地

滂沱大雨中
我还没有来得及撑开雨伞
阳光就已暖暖地洒落一地

舞台中央
一个动听的声音
在深情朗读我的诗句

温柔的爱人轻轻吻着我
我们就是这大雨洗净的
世界的中心

## 赶在日落之前回家

为了
回家,我
备了
一台车
蓄积了
四十余年的气力
备了
千万种小心翼翼
并认定
无论去往哪里
都要,赶在
日落之前
到达

# 朝拜的意义

# 年少时去过一个寺院

穿越茂密的荆棘林
至寺院山顶
怯生生、气喘吁吁

寺院的香火,似
一团迷雾
高高的门槛,是
另一座山峰

我无力支付香火钱
年轻的僧人便怒目成
地狱阎罗的模样

我赶忙学着他
双手合十
却无论如何也
念不出"阿弥陀佛"

## 抬头，得见苍天

蒙面的罗汉，共一十八尊
身体由坚硬青石打造，未做鎏金
泥塑的达摩、地藏
已正了妆容

吊角的亭台
把参天的古柏分割
钢筋水泥预制的挑檐
和铁质的廊柱已略显古朴

尚留残果的酸枣树
斑驳了土窑洞
通往山脉深处的公路
蜿蜒至缺水的河边

看不透缭绕的云雾
那些把名字刻在功德碑上的信徒
也已被黄土淹没

## 菩萨,只保佑自己

肆意挥霍内心的人,是感性的
哭,或者是笑
都能像春天的花一样
疯狂生长

行走在路上的人,是理性的
爱和不爱,都可
刻骨铭心,或深恶痛绝
即使在冬天最冷的时候

菩萨,定会成为一名诗人
像诗人一样流奔涌的血,受刮骨的痛
诗人,也定会成为一尊菩萨
学菩萨一样护佑自己,护佑人间

## 体验

窗外间歇的
酸辣粉和卤豆皮的叫卖声
和我心跳的速度
契合
好似在提醒我
我还
活在人间

## 业障

五只银针,扎两只手上
总不能对称
左手,右手本就不同
不必强求匀称

动,恢复,痛,未去
病根还在
几味中药
医者叮咛,自煎
用心消除生来的业障

## 秋深了

我张开嘴
我的内里的一切
就暴露无遗
就像我拜服在佛的脚下
五体投地是为了
让一生的罪孽
有一个出走的机会
让雪白的衣衫
荡涤我向自然索取的恶行
让金色的阳光
荡涤我在人间失格的恶念

## 身份

我以游客的身份
购买进入寺庙的门票
搞不清了
是该以香客的姿态
虔诚拜佛
还是以游客的模样
只把香火笼罩下的佛
当作风景

# 入口

在楼底,地下车库的地板上
画着向下箭头
猫着腰望去,入口处
漆黑一片
是通往地狱路上的
最后一道屏障

## 没落

日出时的鱼肚白
日落时的霞漫天
冬日午后阳光的温暖

花丛中最美的一朵
雪后山林上空碧蓝的天

天地,远方,诗和爱恋

以上这些,一直都在
我却未去多看一眼

以各种理由拒绝
把所有闲暇的时光挤满
甚至不去品一种新茶的味道

像机器一样转动
像宿命一样规整脚步

不喜,不悲,不生愤怒

以上这些,并非我愿
我却未做自我检点

## 晚晨

野狗肆无忌惮的叫嚣声里
有嘲笑,有宣泄
有无所畏惧的推脱
唯独没有自持

重阳之日,用
二十四味中药材
补充自己不足的心阳
让自己和所在的世界暖起来

## 揪心

诗人们,都说静待花开
可有多少人再也无缘看见花开

应对各种要求的,只有忙碌
挤散了心魔,迷雾也就不会落地

知道我终将死去,就像这春天一定会到来
无,须,乞,望

## 一场秋雨过后

一

有诗者说,雨是神谕
雨中爬满青石路面的蜗牛
是在托着人间的庙宇
修行
我双手合十
想使一生的罪孽,稍有消弭

二

有医者说,药是天赐
瓷碗里褐色的液体
是在将生的喜怒哀乐融合
味道
恰是一生的收益,并无不及

三

还是把沉睡,解作昏迷吧
如此,梦里的景象
便可以当作是,过去

便可以在醒来时,还有
仗剑天涯的勇气

四
不是说过忘记了吗
为什么指间的烟渍里,总是
有你残留的讯息
握紧,不舍,不弃

## 避难场所

"避难场所"的牌子,足够醒目
树荫之下的长凳旁边
留着长须的老者席地而坐
竹筒里的卦签拥挤地晃动
跌落的声音,像树梢乌鸦的叫声
沙哑而凄惨

## 分野

河沟里未曾解冻的冰,白得耀眼
冰底潺流的水,响得悦耳
只是山沟里的老房子,又破败了
像是要阻止归途

分开久了
情,留不在原地;意,达不到心里
如同干枯的花叶
裁纸的刀划不出一点水分

一颗痣,捂在手心里
惧怕风和雨,把她冲淡
正如摹写,不敢留下名姓
却压上朱砂红的印

## 悲伤,总来自欲壑难填

不管晴还是阴
太阳总按时升起,落下
看不看得见,只与
云霓有关

或者外面的世界
污秽早已像
地下暗河里的污水
横行无忌

或者内心的世界,也如那
隐匿起来的病毒
你看不见它,它却一直
盯着你带血的伤口

慈悲为怀的人
与常人不同的,只是
少了倾诉,多了
倾听与包容

圈隅里的人和事
不必细思细品
除非欲望
能寥若晨星

无须哭泣，无须忧虑
就像太阳升起和落下一样
不管阴天晴天，和
生离死别

## 向天而歌者

有人把他们叫作没眼人
却不知，他们
是看得这个世界
最清晰的人

有人把他们称作可怜人
却不知，他们
是感受这个世界
最真切的人

有人把他们当孱弱人
却不知，他们
是面对这个世界
最坚强的人

他们只向天而歌
不管冬夏，不论春秋
他们只用心参悟
高亢中，有细流潺潺
呜咽间，有真意切切

## 九月九日前后

一

一个预示着收获的节气
露水,一直凝聚着
直到想起前年扛起镢头的父亲

二

让一个民族挺直脊梁的人
离开时,整个民族痛哭
只是一种纪念

三

遇见一群热爱着的人
就像遇见天,遇见地,遇见希望
或者更该用普度众生形容

四

所以为你铸一尊铜像
把你的慈祥,睿智,豁达
包括期许一起流传

五

裸露的地面,野草也

难以生长,就像至清之水

无鱼,就像至察之人无徒

六

一定哭过,却未曾绝望

就像终于生长起来的野草

和远走的鱼儿

七

极简的土地,极简的仪式

盛开的鲜花,以及肃穆的人

九十度的鞠躬,代表得了什么

八

蔚蓝的天啊

请孕育我:

做一朵漂泊的浮云

九

激情洋溢的演讲

和简短的讲话,一样

勾不起人们的激情和关注

十

热烈的掌声响起

背后的争执和面红耳赤

才能被掩盖

十一

终于要睡去了吧

最后向你说一声,快乐

感谢有你

十二

一个感想:被记起

是最好的温暖

包括捣蛋的和曾经暗恋的

## 雨水日,无雨落下

一
急匆匆回家
见到了病重的舅舅
幸好,只是虚惊一场

二
老娘还是
流泪,向我叙述
年前年后的种种痛快和不痛快

三
抬头,可看清太阳的模样
稀疏的云,离散成
远山的墨松,以及河沟里的冰凌

四
见过很多次面的黄狗
依然把我当作陌生人
它的叫声似迎接和告别

五

公鸡的鸣叫，其实

并不全是迎接太阳升起

更多的是在宣泄一份孤独

六

墙上的挂钟走了有三十年

钟前，有一样的风景

只是，没有了一样的人

七

突然发现长肥了的鸡

生不出蛋，等不到食客光临

终究都是个问题

八

这个雨水日，从急促的电话铃声开始

在一路的焦虑揪心里持续

结束时，刚好赶上落日余晖

# 在八月十五日保持沉默

一

在八月十五日保持沉默
直到阴雨天的太阳没入西山

二

更大的雨来临之时
八月十六日保持预料中的清醒

三

雨在洗涤罪恶,在鞭策
死去的自己长眠,活着的自当奋起

四

乌云遮蔽的乾坤,一支利剑
出鞘,龙吟,虎啸,指点寰宇

五

为百年前后找寻一个节点
颓废与苟且,发奋与不言放弃

六
把云雾缭绕的山巅峰顶
当作终点和起点，修行当修心

七
强制重启之后，不掩饰
屈辱，艰难，隐忍，积蓄陈梦

八
负重前行之时，心无旁骛
坚守，坚持，阵痛，释疑荣光

九
雨停了，云散了，天亮了
光，照远了

## 天命

入冬后,天一天冷过一天
诸事不宜,唯取暖适合

霓虹灯与贺词,一样
除了回味,便余下展望

靠苦口婆心交换,觉醒
是奢望,仍不愿舍弃

可有可无的黑夜,终究
淹没了,明亮的阳光

西北风,吹散无孔不入的迷雾
这黑夜,铺满闪烁的星光

幸好,没有月光
幸好,有这漆黑的夜色

## 在风中

因落汗而除去的冬衣里
已没有了我的肉体
就像端坐和站立的佛像里
已没有当初圆寂的大师

合十的双手和燃起的香火
加上跪地的双膝
代表虔诚,还是虚伪
却终究,不是佛最初的慈悲

## 朝拜的意义

在地上,岩石构架的山腰
我看见了天宫的玉帝
那种慈眉善目,那种雍容华贵
或许并不是玉帝本来的
面目,但我相信那是人
最愿意接受的玉帝的模样

我向往过天宫的娴雅日子
就像向往生活在自由里的日子
可现在,我有些惧怕天宫的
无忧无虑,就像惧怕
生活中的无所事事

于是,我向天帝朝拜
用我所能想到的
最虔诚的方式
我只是蝼蚁,无足轻重
甚至,我的朝拜
还不如一炷香冒出的

青烟，来得更有影响力

于是，我又希望自己能够
化作一缕青烟，扶摇而上
在与山间的迷雾混合
均匀之前，看到自己
飘舞着的身姿
汇聚，分离，再汇聚

## 在山野徒步

很久没有如此
安静地走在安静的山野
听虫鸟鸣叫
看蚂蚁爬行
闻到泥土的味道
见奇峰怪石

高耸入云的山峰
傲立崖壁的松柏
都没有任何人为的塑造
格外的真实,真切

我用柔弱的脚
丈量着
天和地之间的距离
心和心之间的空隙

只是空隙,就足以
告慰
荒废的时光里
爱的名义

## 悟空

刚刚朝拜过天帝
就见到了你,透彻的眼神
笔直的身躯

你的武器叫作如意
可你的生命里
竟未曾如意

你有上天入地的本领
你有践踏腐朽陈规的勇气
你也有普度众生的慈悲

五百年不算太长
十四年不算太短
十万八千里不算太远

心魔祛除
便得立地成佛

一场雪惊艳了人间

## 冬至日记事

一

仍未见阳光
只能相信真正的寒冷开启
就像,生之后会死
死之后会消逝
黄土再厚也留不住

二

一位老友谈到死亡
用的是充满诗意的语言
选择冬至的清晨
我想并不是表达抗争
也不是述说不甘

三

按照既定的程序工作
遇到程序之外的
也无须慌张,因为
再意外的意外,也都在

意料之中

四
饺子馆里挤满了人
有男人、女人、老人、儿童
唯独找不出一家人
突然觉得无家可归
也不是真的就会孤独

五
要修史,就先修心
可以试着打坐
忍受脚踝和膝盖处的疼痛
把嘴角的汗吸入嘴里
味道就是这苦乐人生

六
天黑了,看不见星光
应该是有云阻挡
天冷了,感觉不到凄凉
应该是有墙阻挡
明早,能否看到那发白的月亮

## 总有一场雪不在情理之中

总有一场雪,不在情理之中
压着花,压着树的嫩芽
压着一切希望,近于绝望

这个春天,本就来得艰难
充满苦恨,和诀别
就像这场雪,来得不是时候

松树,没有寒冬里那样挺直
似向着,不合时宜的雪低头
更像是在代表人间忏悔

索取得太多,破坏得太多
所以,得到就越不易
所以死亡,就越惨不忍睹

不屑于忏悔的人啊
肉体跟灵魂,同样不值一提
就连尖叫,也几无气力

就让戾气再浓重几分吧
或许，只剩下怨恨和无所顾忌时
春天才真的能够归于平静

## 雪,下在年前

睡了一觉,一切就都变了
雪把北方冬天的苍凉淹没

一群女人的快乐,有时候
是像男人一样举杯,豪饮

一个男人的愿望,有时候
是可像女子一样轻言软语

学医的学生,希望用诗词
积攒忙里偷闲挥霍的资本

我泼一盆冷水给他,列举
我赚到的五十七块的稿费

建议他做底层人的体力活
体验弱者的疾苦,把心思

放在与天争命,他不推托

只叙说一个半小时的放纵

雪已经开始融化，这一冬
景色斑驳陆离，叫人不忍

直视天命难违，直面人间
疾苦，青年人，与中年人

还有白炽灯光里，读着书
若有所思的少年，都还在

## 冬夜，起了冷风

一
太阳造出的漫天迷雾
在一股西北风里消散无踪
这一年的最后一轮圆月
显得格外明亮

二
一个年仅八岁的孩子
使劲蹬着自行车踏板
嘴里念叨着
加油，努力，为了人民币
一脸的郑重其事

三
路灯的光，只能照亮
脚下的一小片地方
身体的黑影蜷缩在脚底
躲避着呼啸的风
托着瑟瑟发抖佝偻着的人

四
见面礼和下马威一样
都叫人饱受惊扰
如果可以,我倒希望
这世间的一切,都是
熟悉的样子

五
大雪,纷飞过后
终归以悄无声息消逝
就像那年花开,月圆
爱和羞涩
一直没有区分明白

六
不知道明天的冷
会不会像以往一样
能够滴水成冰
幻化成单层玻璃上
绽放开来的窗花

## 春寒,终于演化成一场大雪

预料之中的春寒,终于
还是演化成了一场,大雪
衍化成一束光,冲破黑暗
向着广阔的天空,呐喊

## 悲观日记

一

阳光离开了
只留下,余晖、墨野
以及不可触及的
人间寂寥

二

月亮升起来了
弯得像往日恋人的眉
想要着一丝颜色
却连梦都没能触及

三

陪伴在月牙身边的那颗星呀
像它的名字一样
苍白的,叫人只能感受
无力、无着无落

四

茶壶里的那一十六味草药

混合出来的味道

像极了失去爱情的心情

只能细品，不便言说

五

放弃时头也不回，夸张地

挺起脊背

用胸脯接住滴落的泪

留在风中一丝气息

六

剃须刀的藏格里满是胡须的碎末

没有血，也没有肉

那一张网，已隔裂

世间的牵羁

## 这个冬天不止一次看到窗花

在熟悉的楼梯上
摔了一跤
肿胀和疼痛
把我折磨得一夜无眠
就像这个冬天
我不止一次看到的窗花
就像往年一样
寒冷毫不保留地蹂躏
叫我猝不及防
我告诫自己
冬天里要更加小心翼翼
春天才来得
更加绚丽

## 立冬，自言

对着远山和红花思念初恋
已不复当年
年轻时光
已鬓角银丝
故友，已长眠不醒……

和着阳光写一首小诗
赠予梅，山，和所有人
梅，只初开一朵
山，已黛如陈墨
人，已躲藏，匿尽踪迹

临风，一片云，不散
临窗，一棵松，不凋
临寒，一枝梅，不谢

## 冬日里的一场伤

一

人们说是因为"放荡"
可我知道
除了呼吸,我什么都没有
包括与暗恋的人
眉来眼去

二

太阳亮得可以烤出"油"
可我知道
除了冷得发抖
还有包括被窝里蜷缩着的
疼痛难忍

三

好久未见的万家灯火
如今成了常见
只是不知
那灯火之下是病痛中的呻吟

还是其乐融融的欢愉

四

冷清寥落的街头巷尾

人迹罕至

暗淡的角落里

不再有喧嚣

不再有无妄

不再有虚拟的繁华

五

我甚至向往那远处的山峦

甚至向往那荒草萋萋

或者孤灯寒照

可是，周身的无力

何以支撑起瘦弱身躯？

六

世间之人啊，如今的

举步维艰里，可还有一丝

怯懦的悲凉

可还有

一份简单些的

坚守下去的由头

## 七
不说话,不梳洗,不做事,不往来
甚至无力自省,无力呼吸
我才知道,其实我于这人间
本就毫无疑义的毫无意义
甚至,有别于花开花落冬去春来

# 雪

太阳还没有升起来,天就亮了
没有星光,没有月色
照亮这个世间的,只能是古朴的人心

东风也会是冷的
树梢儿的舞蹈服,紧贴着身体
仅一只脚,深陷在大地

不知道是因为有车走过
还是因为是路,勾画成了蜿蜒
盘旋向梦中情人的住所

又想起了红得刺眼的血
想起了挥手告别的孤寂的人
想起了漆黑的夜里没落的星光

天,地,山川,河流……
鸡鸭,猫狗,肥壮的猪牛……
该白的,也就都白了

## 一场雪惊艳了人间

你无瑕的白衣
明丽的眼眸,和着
洁净空灵的笑
融化在心尖

我无果的爱恋
缠绵的思念,和着
风卷起的白雪
飘落在人间

## 一场雪压不垮寂灭的灵魂

一场雪压不垮寂灭的灵魂
就如同,一滴泪
洗不净孤独的苦痛
交错的路灯
染红小城黑夜的天空
尘世的肮脏
污染雪洁净的身
我的灵魂,躲藏起来
和这喧嚣、跋扈、龌龊隔绝
不用等天明
只需有一个关于温暖的梦

## 纪念

仰视，如天空上皎洁的月
跪拜，似救赎人间的神
昨日有血，今日有雪，明日有梦
这人间最热闹的孤独
好似剃刀边缘，感受这世道
最繁华的寂寞
如果血已流尽，就留下魂和魄
如果雪已消融，就留下洁净的水
如果梦已不在，就留下天空下火一样的红

# 但在不可预见的未来

一

万年青稀疏的叶片
绿中,夹杂着墨色
就如佛陀身前的跪拜
虔诚中夹杂着欲望,和私念
甚至于侥幸,与自欺

二

禁止燃放烟花爆竹的年
注定与震耳欲聋的热闹无缘
就如梵音低唱中
杂念无处逃遁,暴露着
狂躁,与不安

三

可以规避风险的说教
与其说是苦口婆心
不如认定为投机取巧
就如说再见,不如

商定为永不相见

四
冬天,是用来雪藏记忆的
就如你不曾离开
却只肯在梦里与我相见
甚至不说话,不回头
不留下一丝痕迹

五
花和月属于春天,或者温室
天和地属于心,或者胸怀
就如最初的温柔
属于情窦初开,或者痛哭
但在不可预见的未来

# 无题

每一个孩子的心中
都有一束倔强的光
那渴望知识的眼神
那自信的身影
春天的寒冷
终于演化成,一场雪
雪过后,春意更浓
希望的彼岸,就越近

太阳升起来了
追光奔跑的孩子,最美

## 初雪吟

一

梦里见到你
依然是分别时的样子
不说话,笑得甜蜜
就像儿时的我
哭了,很快就会再笑
眼里含着泪

二

习惯了收集关于你的信息
习惯了你没有任何回应
就像,习惯了爱你
却总不敢放纵自己
或者把你忘记

三

冰箱再次启动的声音急迫
总让我感觉到一种罪恶
放进去的残羹

我从不再去翻动
只是等待腐烂之后丢弃

## 四
你也在看着这场雪
说,雪花喝醉了酒,感伤
来往的车流把雪碾压成污水
我在雪地里沉默不语
感受这入冬后大地的余温

## 五
今天对我是个特别的日子
因为可以不用起床太早
可以回味梦里的味道
可以听得见雪落
和想起你时心跳的声音

## 六
女儿和儿子嘀咕着谈天说地
有很多我不知道的小秘密
窗外的太阳亮起
却被厚厚的窗帘遮起
她们中间,总有一个不属于我
即使我不放弃

七

小女儿从舞蹈班回来

额头的汗珠还没有褪去

笑嘻嘻的表情,告诉我

她喜欢舞蹈,就像

喜欢握在手心的雪球

八

小女儿给我两口的争吵评理

对错一瞬间失去了意义

止不住破涕为笑,就像

当年止不住追求你

终无悔意

## 乌云

乌云，遮挡了太阳的光芒
窗外
象征文运昌隆的文峰塔
更显迷蒙

一周，积攒的
三叶草的褐籽，散落一地
细致地
一粒粒，捡起

上周剪掉的梅枝
已干枯
因为，未曾腐烂
有金子的色泽

大雨，酝酿整个夏天
滂沱成
水珠丝线，溪流，大河
甚至，一片汪洋

凉风,穿透玻璃窗
吹不走文峰塔周身的迷雾
却,吹散
头顶的眩晕

一只,未成年的胡燕
在我的窗台,停留
惊雷之后,飞向屋檐下
没有雨的燕窝

# 黑夜

一

寒风刺骨的冬天
黑夜总是来得很早
早得叫人想起
与深爱的人无缘再见

二

窗外的灯光总是充满
各种各样的颜色
变换得叫人想起
这世间的起起落落

三

很多身边的人
失去了父亲，或者母亲
每次跪下去
都想痛哭一场

四
忍耐,通过一些方式消弭
比如沉睡,比如奔赴
唯有梅花在这冬日
常开不败

五
把茶泡到淡而无味
无色的水,入口即化
就像最不理想的日子里
做个行尸走肉

六
关于历史和哲学的书
总是充满血腥和诱惑
读也不是
不读也不是

七
根本,就,不可能
被遗弃
就像我与你做别的时候
天空居然下起了雨

八
有没有一种可能，这世间
只是为了像你我一样
久别之后，再不会
留下重逢的可能

九
或者还有另外一种可能
这世间的聚散离合
无关风月
无关情深义重、愁肠百转

## 烟

烟火的光，和着夕阳
点燃
珍藏的你
只剩寂寞，萦绕

# 窗外,总有惊喜

# 立秋

一
大雨落
檐挂珠帘,脊涌洪流
四顾茫然,何忧
何愁

二
若有
口含天言之能
愿,信不休,行不止
不事彷徨

三
秋蝉,野鸣燥
秋风,咋四起
燥热,且退走
雨后,能知秋否

## 四

田野，绿意盎盎

野草，势正狂

不似贪婪

胜却诸般欲汪汪

## 五

墨书奇文劝世

莫劝世人

唯劝己身

莫蹉跎，莫蹉跎

# 等待

等待长大,和等待老去一样
都在逼近死亡

年轻者,如孩童时的自己
够得着邻家墙头的红果
已是全部愿望

年长者,如不惑中的自己
找得到午后树荫下的茶茗
才是最大满足

或者,应该再加上落去的夕阳
和,升起的星空
夜风习习,释然睡去,正常苏醒

## 傍晚

西边天空的云彩
红得如邻居老张头小院里
盛开的牡丹花

最后一个离开校园的孩子
忘记了拉上书包的拉链
彩色的课本就那样
毫无拘束地跳跃

在校园的角落过夜的流浪狗
准时回来,绕过看门的保安
穿过冬青的缝隙
把鼻尖凑近正盛开的忘忧草
眯起眼,向火红的天
发出长长的吠叫

## 七彩的风景

穿着镂空黑皮鞋的花匠
用镢头给盛开的忘忧草松土

我就站在旁边,用劣质的打火机
点燃一支白色的香烟

用作花池和草地围栏的冬青
有野生榆树的黄色叶片点缀

恰好忘忧草的花也是黄色
恰好日落的天空是橙色和红色

如果把我裤子的蓝色也加进去
剔除皮鞋的黑和烟卷的白

此刻就是一幅七彩的风景
只是还缺少曼陀罗花的紫色

## 生机

一

柔弱女孩,在电话里说
你来我这里,我们一起奋斗
然后就可以
买车,买房
过更好的生活

二

紫丁香的花香,充满整个院落
老人和小孩,都在陶醉
像,久旱之后
一丝丝雨水
也能让越冬的枯草返青

三

一翁,一童,一彩蝶
一溪,一桥,一麦田
相互牵扯着
向蔚蓝的天,和洁净的云

凝望，奔跑，嬉笑

四
野狗有了后代之后
啃食野草的劲道也大了很多
就连吠叫的声调
都大别于前
好像门口的廊柱，撑起的
一盏暖色的明灯

五
一些数字，总叫人
心生畏惧，也有一些数字
叫人心生欢喜
除非，太阳落下去之后
就不再升起

六
面包里镶嵌着的红豆
和女孩的心思一样
爱着
就总有希望和寄托

## 远方,有约

隆隆的雷声不断
雨打窗的声音不断,透心的凉意不断
雨水汇集成溪流
溪流汇集成河,汇集成无边的海

## 狗尾巴草

一
不浪费，一寸土地
春吐绿，夏抽枝，秋成穗
冬，兀自枯立

二
春雨，夏阳，蓄积迸发
秋风劲，冬雪落
摇曳，铺张

三
呵护成长，度日如年
不觉无法，掌控
已形同陌路

四
让希望铺天盖地
可艳如夏花
更实如秋粟

## 五

奔跑，驻足；远走，守望

人间未曾撒手

寰宇便星光璀璨

## 记事

一

大河对岸的国道上
依然车来车往
岸堤上镶嵌的灯
光只有一种暖暖的颜色

二

阻挡远山的水塔
幻化成了两帘光幕
我看不真切图画的内容
唯有七色的光

三

阳台上的铁梅开得正艳
九曲十八弯的枝条上
宽阔的叶子
在这暗夜的微光下绿如松墨

四

儿子在面对窄窄的屏幕

和老师说：跨年快乐

兴奋得有点幼稚

我竟不忍着去嘲弄

五

用一支塑胶的吸管

吸取骨头里的骨髓

就像幼时吸取母亲的乳汁

满足得想要泪流满面

六

想着一位故人

只能长叹，不能长谈

突然觉得，这无常的人间

失格的又岂止我一个

七

公园里有稚童在燃放烟花

喷涌着的火

像是这一年来压抑着的情愫

冲破山巅的天空

## 窗外,总有惊喜

落日和日出的区别仅在于
时辰,或者角度,抑或视野

如果花可以不败,我就相信
你的离去只是不愿道声再见

如果天空没有乌云,我就说
爱和不爱,和是否相守无关

独木难支,只是对孤独的人
众口难调,也只对人间繁华

说铭记,和说忘记一样两难
像思念初恋,不是因为不舍

酒,就算麻醉了麻木的神经
也没法向天或地寻求些安慰

茶,才是好东西

最好和着歌唱，和着哭泣，和着欢笑

我爱着诗，爱着美好的日子
就像当初爱着可爱青涩的你

## 记不清了一个彩色的梦

天光还没有大亮的时候
眯着眼回想一个彩色的梦境
想出了很满意的诗句
太阳从窗帘缝隙照进来
起床,给温柔懒散的妻子做早餐
帮捣蛋的儿子包扎伤口
之后,想把诗句写下来
却除了色彩,什么也没有记起

屋外,喧闹已经开始
越来越多的人
和着各种各样纷乱的声音
只分得出流浪狗的叫声
楼下唯一的一支盛开过的桃花
早已凋谢,紫色,红色,绿色
似乎还有蓝色的树叶
在晨光中展现着勃勃的生机

或许,这就是梦里的色彩
就是我半梦半醒之间
想出的那几行诗句

# 不入味

一

身高一米八的少年
一个漂亮的漂移
将硕大的轿车横在路边
点燃一支烟
向着马路对面的网吧而去
剩下不惑之年的我
惊魂未定

二

清凉如深秋的三伏天
纳凉的人,只剩下
猛虎下山,和蝶舞翩跹
木炭被羊肉的滋水
浇得火苗蹿动
啤酒,除了令人打嗝外
再无香气

三

围墙内,那一只

毛发稀少的野狗

数日未见踪迹

最为炎热的午时

与一只招摇过市的老鼠对峙

我有些胆怯

有些愧疚

有些怀疑我的位置和做派

四

温顺的猫,可以在

垃圾桶的边缘长时间守候

或许,我该在垃圾桶的底部

穿一个洞

放老鼠进去

借狗出走的间隙

让猫,体会一次掠食的快感

五

家里所有的花,在这个时节凋谢

疯狂的野草

淹没了裸露的泥土

如果我伸手去除草

我会恐惧

就像,当初哭着
想要从高挂在房梁的竹篮里
摸到一点口福

## 六

失眠的时候,我读医书
能找到一种读遗书的感觉
读得出死亡,读不出
一线生机
就像不争不抢到手的鸭子
飞不飞得走,都不用
品尝滋味

## 刮大风的春天

一

用好多螺丝钉

让一张桌子恢复原样

每一个孔洞都捏着我一大把汗

二

我连续打了几个喷嚏

鼻涕和口水都砸落在脸上

三

扩音器未必能把重要的话传到人心里

就像春天刮起来的风

来自南方,却叫人感觉像是冬天

四

已成为土黄色的天空

太阳的光芒借助风

把南墙根底装扮成白雪皑皑

五
唯一没有颤抖的生命
是破土而出的向日葵嫩芽
刨洞的野狗也畏惧不前

六
铜像的青石底座插入泥土
中间应该有一条血管
否则后世的酸甜苦辣如何收容

七
火,没有烧起来
烟,才浓得叫人害怕

## 端午

一

以兴奋、激动、愉快开始
以哭泣、难过、不舍结束
每一次都重复，就像
别离与相见，总分不出先后

二

一个人的离去，叫人纪念
数千年，一样的仪式
如果说有改变，也只是
岁月的更迭，和死亡的不休不歇

三

可以向前，也可以向后
幸好窗外还有鸟鸣
远处还有云雾缭绕
还有孩童的痛哭，和嬉笑

四

洗不净白色背心上的汗渍

就像,当初的决绝

流下的泪水

模糊,与清晰

一样不曾远去

五

雪一样白,所以干净

血一样红,所以不屈

无力挽回,所以做一个灯塔

把疼痛遗留万年

## 深秋,云朵静止在天空上


一

深秋,云朵静止在天空上
在最初的一片落叶前
抬头看看天,是蓝色的
低头看看地,是黄色的
闭上眼睛看看心的最深处
是红色的
想起儿时
一节美术课上,漂亮活泼的
女老师说,红、黄、蓝
可以混合出所有的
颜色

二

操场墨色的场地上
女孩和男孩的鞋子
以及空中飞舞的羽毛球
和球拍的网,都是白色的
墙角静默的垃圾桶

和年龄超过百年的旱柳叶子
是墨绿色的
跑道，和跑道上飞奔着的孩子的上衣
以及，孩子们的青春
是火红色的

三
远山裸露着的岩石
和飘浮在山巅的云朵
被落日渲染成了橘红色
就像，办公桌上的冬枣
青翠中积聚着甘甜
就像，墙角大功率的暖风机
嘈杂里鼓送着温暖的气息

四
我于是时，用朱红的笔
写下从"三十"到"一百"不等的分数
写下勾和叉
写下苛责、期望、激励
唯独
把埋怨和怒其不争藏起来
把微笑和不厌其烦释放出来

## 坐在楼下的台阶上

幼童的快乐
在占有一件新奇的玩具
在不停地蹦跳
在哭就大哭,笑就大笑

凡间的甜美
在孩子的哭泣
在女人和孩子一起
孩子和青草一起

## 走出

一

与世界勾连的,只剩下手机屏幕
遇见的人,只听得见声音
而我,连眼睛也被遮蔽

二

呼出的热气,在树脂镜片上凝结成水雾
或许,这正是世间的常态
幸好还有冷风,可以让心清明

三

把肆意扭动身体的人想象成真的快乐
把死去的人想象成寿终正寝
就像,活过一个世纪,自然安详

四

不以真面目示人,你认得出我
我也认得准你
只是,无言以对,或本就不必

五
年过去之后，就是真的春天
我甚至能看见，山桃花
又红了起来，像火，向爱

六
被水雾遮挡的镜片后，其实看不到眼睛
被防护服裹挟的身体上
其实看不到汗水

七
再等等，再忍忍
太阳光，暖和起来的时候
这人间的一切阴暗，与龌龊
包括苦难，都将被荡涤一空

## 初夏,总有入秋的感觉

一

同时种下的两棵柳树
就像眼前的大多数人
有同样的际遇,却没有同样的人生

二

远山绿草如茵,树木葱茏,飞瀑万丈
眼前的土地依然干扁如春初
依然未能张扬出盎然生机

三

想一个已经死去的人,不述说思念
一阵风吹来,带着寒意,带着漫天飞扬的砂土
掩饰了,两行清泪

四

安静下来的世界里,一件单衣就可赶走夏风的冷
梦见的,总是不能实现的虚假
久了,便不能分辨是非曲直

## 五

躺在夕阳下,回想起童年、少年、青年
感受中年,甚至畅想起
老年,甚至死去以后,不再有机会坐起

## 六

把钉子倒立做一座塔,高度超过山尖的古塔
不承认是视角的问题,也就忽略了眼睛的问题
也就忘记了指尖流出的血,其实来自内心深处

## 听光

青黑的眼圈将脸衬托得足够白
足够藏匿不洗脸的油垢和疲倦

再名贵的银杏叶
在萧瑟秋风面前
也逃不过没入泥淖腐朽

对生活失去信心,和充满希望
同样可以用尽全力非完美诠释

红色和黄色掩盖罪恶中的人们
闭上眼,面向阳光水也能凝结

山可以千万年不变,人也可以
唯独人心,和人心叵测难救赎

生僻字,不只是因为不被常用
更多时候是因为,本无须做作

定位器给定的位置，变幻莫测
瞄准镜里的重影，总虚无缥缈

农历的八月和公历的十月重合
于是与不是间望洋不兴叹

死在水里，和死在泥土里同样
向现实低头，和鱼死网破一致

唯独纪念方式和纪念意义不同
留不下芬芳，就留下无限感伤

## 正月记

一

壮美山河描绘在墙上,是画
描绘在心头,是根,是魂

二

有些危机是危机,比如
歌唱到一半,沙哑的嗓
有些危机是悖论,比如
歌唱到一半,戛然而止

三

定格的,流逝的,持续的
才刚刚开始的
或许只有上弦月
还没有来得及变化

四

老去的亲人们
有的,已不复言语

五
土地,还是那块土地
隆起来的,是无关以后
记忆,再说什么
也只是,喃喃自语

六
楼下歌声,唯独情绪窜进来
或激昂,或忧郁,或无所畏惧

七
把一杯茶泡到无色,喝到无味
水终究还是水,花也是如此

八
城市灯红酒绿、歌舞升平
故乡土屋、老树、荒坡,
了无生机,盼,春天来

九
书包的白色拉链,锁着语文
数学。透明外壳的笔,芯
是红色的,一沓纸,白中泛黄

十

翻看一张三年前的照片
感叹岁月留下的痕迹
思索如何做好余生加减

十一

麦穗到这个时节
依然金黄,田野里
麦苗已备好了返青的力气

十二

神庙的大门关闭。神吃足
香火,余香还在
荫佑持续。虔诚安放心里

十三

蒸汽机和鼓风机的声音混合
水煮和爆炒的香味融合
每一种,都极致诱惑

十四

所谓生,所谓死,所谓生死
所谓天,所谓地,所谓天地
所谓敬,所谓畏,所谓敬畏

## 十五

人生不止,如一杯烈酒,
年月久了,香醇就自然盛了
杯空了,自然就醉了

## 十六

灯火和寒风,混合在一起
内心的火,能够溶解周遭的冷
靠近了,自然就暖了

## 十七

黑夜,弥漫成一幅画
满月,是点在墨色中的梅
花开了,自然就艳了

## 微物志

一

酒樽,倒扣为钟
锁得住酒气,锁不住
醉意
于是,翻转
再饮一杯,泪落
便可来得
更畅快淋漓

二

雨珠,落地为水,润物无声
于是,捧一掬在手
向天而歌
向地而伏
忍一时泪
伤一世情难自禁

三

茶叶,入水为饮,清香

浓郁
于是，细品细嘬
有大漠孤烟直
有长河落日圆
唯不眠
唯月圆，孤星残影

四
烟卷，燃而为烟，为雾朦朦
竭力，想吐一个烟圈
绕住双眼
绕住刚修剪过的青丝三千
却，终不得
唯留，灰烬泛白

五
笔，笔落为语，为文
或戚，或惨，或激，或扬
不明志，无以传世
不纪实，无以存久
所以我，不愿落笔
不愿惺惺

## 大风歌

一

大风卷起黄沙
黄沙被大风卷起
没有对错,也无须
纠结对错

二

爱好往往和能力无关
就如同我写诗
更如同我饮酒
每一句都是内心的独白
每一杯都加深我的醉意

三

如果黑夜过后一定是白天
如果白天过后一定是黑夜
那又何必纠缠于
月亮太阳和星光

四

大风在夜色降临时稍作休息

夜色在大风休息时独占人间

没有什么能让人

像酒醉一样清醒

也没有什么能让人

像清醒时一样故作糊涂

五

于是,我希望这临近夏天的春风

变换个方向

从东边来到西边去

从西边来到东边结束

六

但我更愿意相信

种在不论是贫瘠还是肥沃的

土地里的种子

都终归要发芽

终归要长成花,长成草

长成向阳花

## 秋天把太阳装扮成满月的模样

一

不需要黑夜,只要有秋天的雾
就可以享受月色撩人的美
在凉凉的风中
向远方的恋人,絮语千重

二

夜幕降临的时候,来了一场大雨
不用到河边,就能欣赏
流水潺潺,不息
相关的思念,顺流而下

三

亲人和情人,只一字之差
就像月亮附近的一颗星
相聚与分离,只一念之间
不闻,不问,只守望足矣

四
找了一个不可跨越的借口
把心埋葬在田间
玉米，谷穗，和火红的高粱
饱满的豆荚里，不知是红还是黑

五
绵羊和老母鸡共处一室
癞皮狗和花猫同一屋檐
唯独一对大鹅
发出像耕牛一样的嘶叫

六
曾经叩拜过的那一轮明月
心疼你的苦难深重
只是再也拿不准，未来
还需不需要并肩同行

七
鼓起勇气，喝下一杯烈酒
苦涩，并不是唯一的滋味
迷醉，还如当年一样
叫我绵软无力

八

朔风起时,你已远去
冷雨落处,未有归期
卷起一片狼藉
碾碎这人间片片尘泥

九

幸好,有两轮明月
一轮滋养身体
一轮温暖心灵

## 背后的山腰上

背后山腰上的祠堂里
有一座靠稻草
和钢铁骨架支撑的泥塑

刻印在大理石上的赋文
肆意铺陈,肆意浮华
却未曾叫人铭记

广场上的香炉
香灰总也不能
把它填满

那棵绿了又枯,枯了又绿的槐树
送走了谁的心头肉
又迎来了谁的可心人

## 西南方的山巅

一棵树,放荡成展翅飞翔的凤凰
秋分时
太阳正好落入它的口中

无穷无尽的希望和梦想
构筑成这橙红的时代
孤苦无依的自己和他人
勾连成这繁华的人间

## 向日葵和垂柳

无论是发端于一颗种子
还是一节干扁枝丫
都在阳光里,风雨中丰盈

无论是成长于一片田野
还是一方庭院
都在昂首向天,以云霓为伴

无论是成熟于果实累累
还是枝繁叶茂
都在垂首伫立,以大地为家

无论是于阴冷处躲藏
还是于冰雪中腐朽
都在蓄力重生

## 夜空

历沧海桑田的劫
山巅,成林古木,托着繁星点点
似山上仙人搅动云海

狂暴的风从山巅下泻
绝壁之上,凤舞雀跃
令人间清澈之水,淡雅素真

人间的歌声越响亮
地府的阴魂,就越情愿
蛰伏,以待升天

## 泛白的阳光

泛白的阳光里
檀香的香灰也泛着白
就像早晨的月亮,圆圆的
浮在微红的晨霞中

梦里穿着橙色上衣的女孩
笑声叫人沉醉
只是,玻璃窗上
已布满尘世的蛛丝马迹

医术精湛的高手
面对线装的医书双手成揖
用一根银针刺入大椎穴
主宰头颅的
是那根针,还是针下的虔诚

## 一地槐花

一

用最不正经的言语
问候最正经的友人
就好比散落一地的槐花
除却炎热的夏天，收获金秋以及希望
以及寒冬洁白的雪花

二

不止下了一场雨
不止浑身湿透了一次
就好比
不止，因为爱或恨
伤了一次心，痛了一世
记了一生

三

蝉鸣依旧此起彼伏
只是少了烦躁，少了不甘
忧伤的曲调满是回忆

灰蒙蒙的西山巅，落日
像极了破碎的樱桃
苦涩的心核

四
离开，和留下
同样不能割舍，不能不舍
云和雨相伴，在天
遗落到地，没入泥土
汇入江河大海
消匿无迹

五
球室乒乓球落地的声音
由慢到快，由缓到急
似当初出走之后
感觉由痛，到刺痛，到铭心刻骨
到再无瓜葛

六
闭上眼，血染红了一切
闭上眼，世界一片漆黑
炸裂的人间啊
可还有未曾崩坏的角落
容纳一滴血，和两行清泪

## 记思

——纪念一位未曾谋面的老先生

该是一座破旧的土屋
该是一层布满青苔的石阶
该是一双纤细修长的手
该是一个挺拔不屈的身影

一盏油灯的光芒微弱
不足以为你照亮不可预知的未来
却足以照亮,讲台下少年人
走向未来的漫漫长路

不随季节更替的青苔
困住了你的脚步
却点燃了,讲台下少年人
追寻梦想的希望

托不起一小袋黄米的双手
或许曾叫你饱受委屈
却托起了,讲台下少年人

改天换日的勃勃雄心

弱不禁风的背影
遮挡不住四面八方的风雨
却阻挡了，讲台下少年人
碌碌无为的退缩

我，我们，与你睿智的眼睛
对视一瞬，在你消瘦的脸上
停留、冥想、体悟
直至开怀，直至大笑

## 春日杂记

一

午后,风停了
留下漫天的黄沙
像抬起的龙头
俯视着斑驳的人间

二

飞鸟的粪便在挡风玻璃上
溅出一朵花的模样
就像抓住肥壮的蛰虫时
竭尽全力地搏斗

三

喜鹊和狗的叫声,交替
客扰狗,狗挡客
或者云层背后,还藏着
一声雷

四
风筝
扶摇九万里
有多远
目所及,还是
念所至

五
冬梅谢了
就挂一幅腊梅图
春风起了
就泡一壶明前茶

## 秋日思

一

一种季节总有一种景致相伴
比如这个秋天里
将一座城淹没的迷雾,以及
将一个人淹没的忙碌
本该灭绝的绿头苍蝇呀
你到底要撞灭在何处

二

流淌在大梦中的水
是我生命里最干净的一瞬
挥霍无度的人间
本就无足轻重的,即便
竭尽全力也抵挡不住秋叶零落

三

盛开的花,只剩下刺眼的黄色
和唢呐的悲怆结合
和歇斯底里的痛哭相融

成为完美的
和即将崩塌的腔调

四
一个年轻貌美的女子与我微笑
我强迫自己心神荡漾
像当初追求爱情时
让自己再有一段日子难以忘却
只是肩膀老厚的茧血流不止

五
靠筷子和药草的互动忏悔
褐色的汁液将各种滋味融合
唯有苦,像伸出鼻孔的鼻毛
于是麻木,于是不仁
至癫,至狂

## 秋分无风

一

一定是去过了千亩荷塘
所以你感慨着水波荡漾
和月色撩人
以及星空物语

二

回到那一杯未喝下的烈酒里
味道和色泽总归是要泽被残生
生和死,一样喜忧参半

三

能够用嬉笑怒骂渡过的劫
在无风的日子,化成雾和雨
一起让入尘,入定

四

女人们扭动的臀部
总叫人想起婴儿的啼哭

歇斯底里的,多是故意

五
看门的老伯依然如往常一样
用锤头和铁钉的碰撞声,掩盖
老去的恐惧
佐证着存在意义

六
和年少的人谈论人生无常
就像和背叛的人谈论情谊绵长
引起的共鸣,总有牵强附会的虚假

七
该降降火了呀
用滴水观音叶尖的水珠
和上曼陀罗果腹中的墨籽

八
如果还能醒来
这秋分之后
总会有金黄的谷粒,弥散为风

## 最痛快的一天

一

痛了好多年
吞咽、藏匿了好多年

二

有疯狂过的同伴
有山，水，松，洞窟
有儒，释，道，龙神

三

给劳作的人发烟，换个对火
他们在笑，我们也在笑

四

不被规则束缚
缭绕的烟祛除，周身的困乏
缭绕的雾遮蔽，罪恶的苟且

## 五

归来的路途总抵不上去时的路远
就像回首往事,过去的总还在眼前

## 六

不是刻骨铭心的爱恋
不是难以释怀的伤痛
不是回不去的曾经

## 七

喜欢这驱车疾驰的夜晚
就像当年在破旧屋檐对着瓶口喝酒

## 八

没有醉倒,没有流泪,没有言语
有心事,有梦想,有精神和气力
还有一群熟睡的同伴

## 九

有激动人心,有勾连往事
有等待,有悔不当初
只是,没有酒,没有乱语胡言

## 十

说着最难堪的过往

和最亲近的子女，和父母
唯独没有自己
和未来的海与天

十一

挥手，笑着告别
转身，早已泪流满面
再一次，两次，三次……
直到永不能相见

# 一棵松树的涛声

## 积郁

一只过街的老鼠
我还没来得及喊打
就已经钻入漆黑的夜
我只记住了
它东摇西晃的头颅
和左摇右摆的尾巴

它的招摇
超过了路灯的光芒

## 雨中置身大棚有感


锣鼓叮咚
我在鼓里生着闷气

只是这雨
哪有那么些忤逆

## 像一盆水那样把自己泼出去

从温暖如春的家里出来
就像把一盆水随便地
泼向这个世界
除了一身冬衣，我暴露无遗

寺庙山门的铁锁
只在偿还业障的日子才打开
象征虔诚和救赎的香火
此刻只是燃烧在信徒心里

囟门还未闭合的男孩
在这黑夜里穿梭，有人说
他可以感受到成人感受不到的世界
我相信那是天地的灵力

上百年的灰砖绿瓦被遗弃
千年之久的楼阁
也逃不脱房梁正中被打孔
装上一盏电灯的命运

三男两女，用不一样的口音
询问一个舞厅的位置
我未来得及做出回应
远处
小男孩的放声大笑便把所有人吸引

## 秋日,徒增一份悲伤

田野金黄
一场不眠不休的雨
将这个世界最后一缕阳光淹没
于是,逝去的生命
足够我们去祭奠

未曾识得你的容颜
只在你沉甸甸的文字里
想象你的才情满满、大爱浩渺
又或者,与你一起
在暗夜里寻找无尽星光

就像这绵延不绝的秋雨
除了冷漠无情
我更感激它的无情荡涤
灵魂,摆渡人间冷暖,摆渡
一缕秋殇、罪恶

自山间奔流而下的水啊

是否有一丝怜悯
自天际蜂拥而来的雨啊
是否有一丝怯懦

远方有山千万重
有水千万重
有诗，有歌，有你
一个歌者，歌这人间
歌这
人间沧桑，沧桑人间

## 一棵松树的涛声

一

一百一十一斤的体重
能承载什么
世人皆不知,唯有己知
所以,迎着风,淋着雨
即使流了血

二

眼前飞过的鸟中
大多是麻雀,我闭目
与它们对话
说过去、当下和以后

三

羡慕向日葵的灵活
即使是阴天
也能准确感受太阳的位置
是因为根、叶,还是芯

四

百年的老槐树

至今没有发芽

我不相信它会死去

因为土地还在,围着它的

稚童还在


五

又有很多人,因为某个人的错死去

又有很多丑,因为某个人的丑现世

独立的这一棵油松

能否告知我,可否违逆天命

## 酷热的日子

一

身着长衣，戒食
肉，生、冷、辛、辣
像修正果一样，节制
终归会成为习性

二

四道沟的水，汇聚
丈余深的河槽
盛得下，泛滥
盛得下，枯枝败叶和泥沙

三

让闲置的物品离开吧
不在，就无须留恋不舍
就无须想念
就像撇清关联一样，永别

## 四

雨，消散成一团雾气

山，变得虚无缥缈

让佛常驻人心

包容就如影随形

## 五

百无一用，未必是坏事

至少，晴朗还能是晴朗

乌云还能盖得住穹顶

畏惧还可羁绊住原罪

## 六

这多灾多难的年份啊

已熬过去的一半儿日子

不用去回想

也足够壮烈如炮火中的万幸

## 新念

漆黑的天空上
月亮用她如钩的形状衬托着
一棵柳树的巨大和久远

酒,还是如水一样
滋养功能良好的脾胃
受不受得了
肝脏知道,闷在心底的人,不知

眼泪流不流得出来
早已不再重要
就像药,医得好身体的疼痛
却医不好疼痛的身体

这世间,若真有忘情水
又何须奈何桥头
孟婆褐色的碗
又何须地狱,何须许与来生

乘不了风，驾不了云
就走着
地上，有尘土
再贫瘠之地
也能滋养生命，承受轮回

## 象征

一

这个不太冷的冬天
留给我的,真实与妩媚
昨日雪的遗迹
和日出前,山巅耀眼的白

二

翻唱多年前唱过的歌
两首
一首,关于梦想
一首,关于爱情
抵抗这冰冷,足矣

三

晦涩的故字堆里
总有不愿舍弃
和着微弱的获得和猥琐
蝴蝶已消失在,这寒冷的冬天

四

昨夜，报晓的公鸡叫个不停

没有梦，就没与你相遇

幸好，阳台的梅花

开得正艳，粉红色的

五

指甲的长度，够不着叮咛

却藏着发丝中

褐色的油腻

剪掉，留下

都不重要，仅须抉择

## 我们

在一起的时候
只是一起吃顿饭
坐着聊聊天
默默地待着
索然无味
可我,却
从来没有腻过

## 总有一种热闹使我孤独如初

冬,太冷
公路边"百里画廊"的牌子
和山壁上蓄积的皑皑白雪
像极了一条不归路

一炷清香,三次叩首
痛哭竟无有声息
像极了食难果腹的童年
不愿回想,却总在眼前

忙碌的人们都神情凝重
如同枯死枝头的连翘花
和挂在枝头的柿子
不能腐朽,不能回归大地

在一篇不足千字短文中
述说一个人的一生
再华丽的词语也显残忍
像躲藏起来的痛,难以堆砌

高耸入云的山峰啊
你难道就只是见证这人间
生离死别，不会低下头
给众生一些眷顾

秃头的针尖刺入关冲穴
血流着，凝聚成为
一颗鲜红的露珠，破裂
喉间的痛可会消匿无踪

## 把孤独作为一种态度

立在风中的那一只鸟
雾霾把它渲染成朦胧幻影
叫人不忍用色彩勾勒
除了直视，不再发声

或许它是一只苍鹰
眼里只有辽阔的苍穹
或许它是一只信鸽
脚底只有遥远的思念
或许它是一只喜鹊
心里藏着无尽的喜悦

我更愿意相信
屹立，是它追求的唯一
就像山石、钢铁、青铜
把自己打造成雕塑
享受孤独和寂寞

## 唤，不回

一

以最歇斯底里的呐喊，助威
最应该觉醒的堕落
没有回音，更无回应
仅余声嘶力竭之后
眼角凝聚的血色泪珠

二

本可以向苍天祈求，饶过
本可以向大地跪求，接纳
或者，向着大海
向着山川，向着星辰
说明未来，可期许

三

立春过后，西北风
又搜刮了一次
枯死的树枝
留下崭新的疤痕

以及死寂之后才会有的复苏

四
有一些爱情，会给人以伤害
过后，过不去之后
留下来的，就是
无穷无尽的悲怆，和温暖
甚至刻骨铭心的温柔

五
叫嚣着为了人民币的孩子
依然在大院里横冲直撞
不守规矩的大孩子
越来越多，越来越
肆无忌惮，此消彼长

六
大人们的世界，错乱了的
不只是对错，廉耻
没有底线的亲昵，同样
没了分寸
少了原始的约束，和羁绊

七
狗，咬入室不轨者

也咬好事侵犯者
就像太阳若冲得破迷雾
天空就会是朗朗晴空
大地就会是一片清明

## 八
野心和私心
同样都是杂念
辣椒的味道终归不是味觉
就像绵软无力的脚步
终究踏不出清晰的脚印

# 妄，言

一
这个年，不情愿地
自觉把自己关在家里
躲避，一场会让人
死去的瘟疫
唯一让我愤怒的，是
这疾病的源头

二
欲念之力，强大到
江上，众生
不顾，不惜

三
贪念之力，狂妄到
天道，苍生
不顾，不惜

## 四

如今,我遮挡口鼻
只用一双眼睛
审视这,无人的世间

## 五

春,会暖
花,终开
我可,化作锋利的剑
扫清,这污浊人间

## 拼凑起来的热闹

两张长方形的桌子
拼凑起来,还是长方形
几个人,围坐不成圆形
也就分不出,主次

洁白的碗口是圆形
透明的玻璃酒杯
也是如此
简单的饭菜也能果腹
廉价的酒
也能勾兑出诗意和热闹

## 腊八节，没有腊八粥

没有腊八粥，腊八节
依然是腊八节
冬天仍旧是冬天
围墙仍旧将我"圈禁"

放下物理课上的逻辑
用手电钻和铁丝钩
丈量小世界里
光鲜亮丽背后的辛酸

男人们啊，嬉笑怒骂之间
还真就有落在
心底的眼泪，和
直爽背后的弯弯曲曲

女人们啊，妩媚动人之间
还真就有藏匿在
连衣裙底的冥落，和
美丽背后不可言说的苦涩

## 一束反射的阳光


面北而坐,点一支烟
透过玻璃窗享受一束阳光

鼻头的汗珠
被渲染成金子的颜色
绿萝的叶子墨绿,伸张

正义,在一束光里
信念,也在一束光里
包括苦难,收获
甚至,还有舍弃和与众不同

## 落日

落日把西边的天空
染成血一样的颜色

电厂高高的水塔,阻挡我
看清远处的山峦

我驾车狂奔,向西
追赶逝去的时光

还未及将车速提到最高
云朵的红,便已悄然褪去

落寞,犹如急刹车的惯性
叫我心生畏惧

## 心思

提溜一瓶烧酒
找一棵千年大树
自己喝一口
敬大树一口
酒喝干,转身
就走

## 小白

我把一只纯黑的狗
叫做小白,常在梦里相见

它出生在春天,花初开,叶初绿
它死去也在春天,花正艳,叶正长

我作一幅画以作纪念,画里
把背景涂成深黑色

我写一首诗以作纪念,诗里
不可回避,写到它的黑

于是,我的画和诗
只剩下了,最初的立意

## 面对

总是要面对相聚,而后别离
正如喜极而泣,有别于乐极生悲

夜晚之所以成为夜晚,总是
因为太阳落下之后,还有灯火

白昼来得并不突兀,只是
我总在日上三竿时才会醒来

错过日出,也就错过了觉醒
于是,浑噩无着

还好,可以面对日落
在穿透云海缝隙的火中驻足

模糊的困惑,总好过
清晰的无奈悲凉

直到下一次,错过日出
面对,属于你我的困顿

## 突然

镜子里清晰的,只有额头
深深的皱纹
就像决意出走之后
毒辣的阳光里
雨化作金色的丝线
没有交叉,没有起始

## 韵,不知何味

写下这样的一个标题
就像见证和赞美荷花的高洁
忽略水底的淤泥
忽略淤泥里的腐朽

直视过日落和日出
就像泡在自来水里的树枝
关注它是否生得出根
忽略水中悬浮着的腐烂的皮肉

闭目游弋,风卷残云
哭泣、泪流不止,高兴地大笑
癫狂成无所畏惧
又惺惺相惜

猫还是找不到出去的路
也就遇不见偷粮的鼠
狗还是懒洋洋地装睡
也就不会去理会伸长的手

嗯嗯，呵呵和哈哈
到底哪一对才是真实的谎言
刀落下去时，阻挡它的
会是骨头，还是持刀的手

## 念李白

说是仙,却没有人真的遇见仙
说是诗,却没有人真的遇见诗意
或者,诗意本就是虚无

有了一份不可言明的爱恋
也就免不了一份不可言明的痛
狂妄,很多时候只是掩饰

回不到千年以前,就只能
在千年以后去猜测一种温度
久了,就明白一切揣度都是亵渎

不向你致敬,就像你
不曾倾诉
窗前的月光
和飞奔的瀑布,依然相通

## 我是一只扑火的飞蛾

我是一只扑火的飞蛾
义无反顾地扑向那人间的烟火
在一瞬间化作一缕青烟
缭绕在山峦，草地，江河湖海
飘摇在滚滚红尘

遇到爱的你，不顾一切
付出所有
在你需要的时候
悄然来到
在你不需要的时候
默默离开
去往看得见你的角落
将你守候

我不在乎别人怎么说
只在乎能够感受一丝希望
甚至，我忘记了自己只是
虚无缥缈的幻影

这虚幻的世界,我无处遁形
无处安身,也总没有
放弃

当我老了
我也不想忘记,忘记你
最初的模样
当我死去
我也不想,不想让你知道
我寒碜的葬礼上
那扶摇直上的青烟里
其实是,对你的无尽思念
与无边牵挂

即使我消失殆尽
我也会游荡在三界之外
寻找重生的机会

## 叶落时,我看见没落的自己

刚记事时,我在村口广阔的田野里
寻找最壮实的落叶的根茎
与脸颊抹满鼻涕的小伙伴
比较谁的"老根"更结实
落叶,是我们快乐的童年

刚成年时,我仰面躺在异乡的树林里
寻找红色最鲜艳的一片叶子
写下隔壁班女孩的名字,亲吻
兴奋地,忘记了和她出生的差别
落叶,是我没有结局的初恋

儿子上幼儿园时,我和他在高楼间
寻找各种形状和颜色的树叶
用胶水拼凑出松鼠的模样
搜刮脑海里所有美丽的童话故事
落叶,是儿子长大的证据

而今,我总是把自己密封在家里

车里,办公室里,找各种借口
远离树木以及树林
即使写一首关于落叶的诗
也只是依靠回忆

## 把日子过得热泪盈眶

哭和笑,是生活的两种状态

前一种,不一定痛苦

后一种,不一定快乐

如果让我选择

我不选择笑

也不会选择哭

我期望可以过一种别样的生活

一种充满仪式感的生活

一种可以热泪盈眶的生活

这样,我可以清晰地

感受活着的滋味

# 聚

与一群年龄相仿者一起
喝酒,也吃肉
另一处甩不开的下一代
发疯,也耍帅

大人们
不是酒肉朋友
下一代
也自是志同道合

## 这样的日子

男人,女人,孩子,老人
就此别过,只是无法适应没有波澜
烟卷的滤嘴由白转黄,我脆弱的肺由红转黑
就像未能阻止久未过火的灶洞,乌烟瘴气

不停地伏案疾书
与这繁杂脱离,让世俗也远离
掩盖住内心的忧伤,以致不伤及无辜
幻想在,幻象就如影随形
梦在,思虑就纠缠不清

## 埋藏着的一些

一

如果可以如果
我一定还会傻到分不清
哪个是考验,哪个是欲擒故纵
所以
我还会哭,还会放弃
还会止不住地回忆

二

姑且当作是一棵树吧
虽然不能参天
虽然只能是苟延残喘
但我至少能
在坚持不下去的时候
用眼泪,甚至血给予滋养

三

就让冬日的这场雨落下来吧
落在头顶,落在鼻尖

落在肩膀和背上
闭上眼,就不会知道
寒冷早已将我包围
深呼吸,就会以为
湿润的空气里
依旧充满着爱惜和怜悯

四
还有一个人须要回忆
让满脸的皱纹,和手掌的老茧
加上佝偻下去的脊背
在发自内心的笑声中
幻化成一颗九转重生的金丹
延续日渐崩坏的躯壳
以及躯壳里脆弱的
几欲消散的灵魂

## 无题

有一首短诗
说到这非雨即晴的天气
不愿多加思索的世道
屋檐下的燕子
可能将要发生什么
大病后没了诗情
虚无很大
我不愿去思索
只是注视着简易洗衣机里
旋转的水流
或顺，或逆

## 寒春记事

一

逝去一位老母亲
高寿九十、育养七子
是悲,亦是喜
就像抓拍住最后一缕阳光
是暗,亦是明
就像发现杯底还有一点酒
是苦,亦是醇

离开这安然的人间吧,哪怕
天堂和地狱,抉择两难

二

逝去一位老文友
年七十有四,终生书画
书北国风光,画太行山水
朱砂,和松烟之外
其实他更爱
这一方天地,一片热土

似位，横刀立马的将军
供大多数人祭奠怀念

告别这静谧的人间吧
哪怕春又再寒，夏又怒号

三

失事一架波音飞机
一百三十二人，三月二十一日
仍未寻得尸骨，仍未寻得缘由
除了本就存在于山间的泥土
同胞仅可祈祷，祈祷
有人用意外来安慰
有人用阴谋诡计来诠释
不论哪种都苍白无力

放弃这黯然的人间吧，哪怕
此岸，开满彼岸花

四

进行着一场战争
地点在西北方，在东西两方
海陆空的博弈，利益的博弈
有人关注人，有人关注资本
就像不愿多言时，不是

无言,而是无言以对
或者,无须言语

向这纷乱的世界怒吼吧,哪怕
战争只是个权力的游戏而已

## 决裂之问

一

长久肆虐的狂风
折断了多少参天大树
摧毁了多少寂静中的安详

二

掉落在草丛里的幼鸟啊
你的歇斯底里的叫声中可有
自由之后的狂欢

三

面对母亲和母亲的母亲
你稚嫩的哭声之中
有几分是故作姿态,又有
几分是无所畏惧

四

在大雨中替你撑伞
为何叫我想起了我的父亲的肩膀

想起了他布满老茧的手

五
我应该去哪里寻找前世今生
是曼陀罗花的妖艳中
还是天山雪莲的高冷里

六
名叫意中人的酒吧里
那穿透十七层楼板的歌声里
只有"我爱的人伤我最深"

## 无奈的叫嚣

一

这个不凡的元宵节
因为天灾
注定留不下一丝美好

二

禁炮令的余温,未褪
但,稀疏的炮声
从凌晨,响到夜半三更

三

我宁愿相信,只是
在用最幼稚的方式,祛除
这禁锢脚步的瘟神

四

空气的味道,忘记了
唯独没有忘记
活着,需要勇气

五
需要和无知无畏者
针锋相对，就像
月光能，赶走阳光

六
再恶毒的责骂，也无济于事
就像，冰天雪地里
抱在怀里的枯木，再难逢春

七
如果还有救，只能祈祷
只能躲藏，或者
以死相逼
而后被，遗忘

## 二月二

一

理发店,店门紧闭
昂头,阴云密布,细雨纷纷

二

思念,常如梦,常入梦
别离,如影随形,愿放下

三

疾苦,人间悲欢,离合
孤独,百无聊赖,聚散

四

可以在修剪花枝的时候
聚心于更替,摒弃

五

如果太阳,冲破阴霾
就像年轻,依然还在

六
如果梅花，香气再来
就像山岳，伫立万年

七
向后梳理头发吧，让白发
在阳光下能更显眼一些

## 狗腿

传说狗的一条后腿,是泥捏的
真实的狗腿,给了人

大多数的凡人,不能像
当初的神仙那样,分辨出
肉腿和泥腿

我常常在局促不安中
审视自己的双腿

## 自焚

伸手抓住一只
扑向灯火的飞蛾
抛向星光正浓的夜空

它从我手指的缝隙
扑回,化成
一缕缭绕的青烟

对着更旺的灯火
我默念
阿弥陀佛

## 忏悔

我跪倒在佛面前
闭目，默告

少时的幻想
年轻时的梦想
不能重来的爱

佛无言

## 影子

街灯下，我看到
自己的影子
一个向左，是灰色的
一个向右，是黑色的

我站立在中间
远远高出他们
却分不清楚，我和他们
到底谁才是我自己

或许，我该躲进黑暗里
问问自己的内心
我到底是谁

还是，干脆等到正午的时候
把他们都踩在
脚下

## 面具

酒,让几个以干辣椒下酒的年轻人
从中学时代的班花,聊到人生的第一桶金
从村干部儿子的喜宴,聊到贫困户评选
从铁血战士,聊到叙利亚难民

正当他们开始谈论
天外来客的时候
女友的电话将他们拉回现实
答应的生日礼物,还没有着落
说好的楼房轿车,叫他们一筹莫展
就连早就看上的一件衣服,也无能为力

喝得最少的一位,起身
嬉笑着,在面馆的大烩菜里
挑出几块土豆和白菜叶
双手摆在
只容得下四大碗拉面的桌子中央
举杯再饮,说起了
诗和远方

## 总该说点什么

一
二〇二二年二月二十二日星期二醒来
时钟指在二时二十二分
不是必然
接下来的胡思乱想
你突然就成了主角

二
天比以往亮的更早
阳光的颜色还是暖暖的橙色
天气预报说：注意保暖
我想：放肆远行

三
背部的冷，发展成痛
胸口像压着一块巨大的岩石
于是想到死去，想到
来生来世
然后呵呵一笑

## 四

遇见多年未见的老人家
我们同时愣神,同时
张开双臂拥抱,同时
唏嘘
然后,哈哈大笑

## 五

熬过两遍的药渣里加人参
驱散周身的冷,和痛
挂起来的红灯笼
像极了人生,也像极了爱情

## 六

不是一个浪漫的人
也可以在这样的时候说
爱、思念、不舍、祝福
然后咽下苦涩

## 你的车灯没关

你的车灯没关，就那样亮着
停车场的墙上
是我，一个仰慕者的
佝偻的影子
这是我，和你最近的时光
就像，你路过时
不小心，瞟了一眼
我祈求的目光

# 想写一首诗

想写一首诗
写给自己和爱的人
用最简单的词语
抛弃格律和手法
就说日常的事情
就说直白的话语

哪怕整首诗里
就只有一句"我爱着你"
也强过
不知所云

## 远方,有来信

远方,有来信
是旧人的絮叨和想念
字迹工整清晰
落款的名字
只存在于心底的记忆里
絮叨我也听不进去
想念,却正如
手指刚刚被烧开的水
烫起的水泡
疼在心里

## 这么好的诗

为什么没有人给我写诗
写一首这样的诗:
诗里说不着边际的想念
说第一次相见,白杨树林,和吻

说依然记得,记得
说"盼望再见,再见
离开的日子有一点点
冬天盛开的梅才知道的孤单"

说我依然会想起你这样的人
说出许多哀怨和破折号
说:"写给我,某某
某城,某年某月某日夜"

## 拨通你的电话

拨通你的电话
我所有的情话
只剩下一句，你还好吗

挂断电话
我才看见，通话的时间
依然是零

## 活着的方式

如果有雨,就停留在河边
细致地观察雨点溅起的浪花

如果小河里有鱼,就蹲下
把年少时的心思说出

如果鱼儿逆流而上,就坐下
等待雨水将河床灌满

如果河水将我淹没,就不再呼吸
直到,与雨中河里的鱼相遇

# 同学

偶然的碰见
已经好久没有联系的你
你把手搭在我的肩膀上
我有些不自在
却没法拒绝
好久不沾酒的我
居然能一饮而尽
好久不愿回忆的过去
居然会毫不保留
不是因为你了解
而是因为你理解

## 放肆

须二人合抱的旱柳的叶
在一场雪后彻底枯黄、凋落
麻雀,在枝头拼命地叫
无家可归的狗,也狂躁不安

我停下来,加入其中
像麻雀一样肆意叫嚣
像野狗一样
无节制地狂躁

如此之后
麻雀在旱柳的枝头找到了新欢
野狗在旱柳的阴影里找到了旧爱
我也在麻雀和野狗的缝隙里找到了光亮

# 后记：
# 诗给了我温厚的救赎
## ——《一棵松树的涛声》创作谈

老留

　　我曾在日落之前，赶到远处山顶上的那一棵状如飞凤的树的身边，和她一起目送一轮红日没入地平线。之后就起了风，就有了一种置身于茫茫松林中的渺小如尘的感觉；就有了我对着更远处声嘶力竭的呼喊。然而，更远处的山终究太过遥远，我未能收到任何回音。已近知天命之年的我，渐渐地失去了对世间的奢望，握起笔写思念、写爱情、写亲情、写友情、写对人间的眷恋。

　　夜晚天空中的那一弯明月，是我的指引。我渴望自己还能是最初的样子，睡在记录我童年的土炕上，躺在褪了油漆的沙发上，脱掉眼镜，可寻得人生的出路。我抄写经书，走近亲人最后的居所，想通过感受山川大地的脉气，摆渡自己的灵魂，虽入不得极乐，却也能学着放下。我躺在寺庙山门向下的宽阔台阶上，学着那"彩色的鸟"寻找涅槃重生的时机，但我深知"太过洁净的人心／生长不出刻骨铭心的爱，甚至仇恨""肮脏龌龊／也绝不会是这个世间本来的样子"，所以我需要强迫自己接受很多的东西，比如埋骨之地的阴冷，比如深爱之后的无奈割舍，比如人间的魔鬼。

都说月亮是水做的，可月亮上没有水，也没有温柔；都说失却的东西可以弥补，可祭奠却总是充满悲怆，总是在心头挤出滴滴朱红的血，除了默默接受，我别无他法。人生当中有好多东西会演化成永久的情劫，有的飞驰而来，有的蒸腾而起，荒凉和恐惧总会演变成如滔天巨浪一样的心底波澜。

铺开泛黄的宣纸，写下种种书体，有流畅就必然有停顿，最终无非是生死二字，就如同做过的和即将到来的梦里，都是早已忘记的和逝去的。当思念也略显疲惫之时，生和死又岂能泾渭分明，无言和无祭，又岂是漠然无情？

这世间最好的风水，无非是上一代人和下一代人之间的对话。萍水相逢，尚且能在心底留下丝丝涟漪，更何况陪我长大、伴我变老的亲人、家人，以及那些护佑着我的外人。这或许就是这人间长久安宁的秘密。如此，人生之中的种种上下和不愿舍弃，甚至重重迷雾，又有哪一样不是在警示我，切勿失善失德。

最后能被我记住的除了"恋人归来柳叶曲的调子，和亲人离去哭丧棒的冰冷"，还应该有相守相依的模样和不离不弃的味道。这些才是我能写出的最美的诗。唯有如此，我遗留给这个世界的才不会是，非白即黑。

　　我一直希望厘清朝拜的意义。年少时去往寺院，却无论如何也念不出"阿弥陀佛"。年长时面对鎏金的、石刻的、泥塑的佛像、菩萨、罗汉，甚至是参天古柏、千年古刹等种种久远的流传，都不如面对一眼黄土崖边的窑洞那样叫人心生敬畏。我才渐渐知道，所谓的功德和救赎，其实离不开奔涌的血和刮骨的痛。所以我希望自己成为一个诗人，成为一个拥有菩萨心肠的诗人，通过体验心跳的速度、通过活在人间，以消除生的业障。如若不能，也希望至少在通往地狱路上设置一道屏障，以阻止失格人间的恶念，给罪孽一个出走的机会。

　　人间总有没落，人生也总要经历没落。权当悲喜愤怒是自我检点，权当叫嚣、宣泄、自持是静待花开，把心爱的像手心里的一颗痣一样捂着，细思细品。天地、远方、诗和爱恋一直都在。哪怕哭泣也真意切切，哪怕忧虑也细流潺潺，即使一样的风景里没有了一样的人，也相信"雨停了，云散了，天亮了"，光也就照远了。

人生最初的意义和佛最初的慈悲，正如燃起的一炷香冒出的青烟，扶摇而上，听虫鸟鸣叫、看蚂蚁爬行、闻到泥土味道、见奇峰怪石，用柔弱的脚丈量着天和地、心和心之间的空隙，并以此为唯一告慰。

　　一场雪是洁净的，是寂寞的，也是惊艳的。人间又何尝不是？在他乡，那些看似无关的男人、女人、老人和儿童，虽不是家人，却至少能让我远离孤独凄凉。借他们的苦乐修行，亦修心。

　　很多情理之外的绝望，总督促我向这人间忏悔，消磨我这与生俱来的戾气。饱受惊扰的我，"向着广阔的天空呐喊"，在起了冷风的冬夜，有蜷缩的影子和佝偻的角落，有看一眼绽放的窗花的希望和勇气。

　　悲观者，总有悲观的理由。悲观者的日记里，总有连梦都无法触及的滋味，"只能细品，不便言说"。我假装挺起脊背，只是为了"用胸脯接住滴落的泪"，织成一张网隔裂世间的牵羁。我告诫自己一场雪的纪念意义，在于能消融成水，在寂灭的灵魂里藏住一个关于温暖的梦，"冬天里/要更加小心翼翼/春天才来得/更加绚丽"。在心中留有一束倔强的光，我便可以追光奔跑，即便眼里含着泪，也能大声地笑。

　　面向窗外：

看大雨落，檐挂珠帘，溪流入江海；
听风雷起，虫蝉野鸣，飞鸟归山林；
赏山花开，野草势狂，稻麦满田野。
如果还不够，再加上孩童、少女、侠客、翁妪；
再加上蝶舞、犬吠、牛耕、鸭歌；
再加上蓝天、白云、月色、星光；
再加上夕阳小桥、白杨垂柳、灯影篝火；
甚至面包里镶嵌的红豆，手指间燃尽的烟卷，汝瓷杯冲淡的茶，鼠须笔沾足的墨……

这不正是人间勃勃生机？

人生就是一个彩色的梦。从喧闹开始，以凋谢结束，以兴奋、激动、愉快开始，以哭泣、难过、不舍结束。半梦半醒之间的几种味、几行诗，只是为了把疼痛遗留万年。我学着走出，向着"远山绿草如茵，树木葱茏，飞瀑万丈"。我学着以真面目示人，即使独木难支，也要把这壮美和和善描绘成心头的根和魂，也要把"这人间的一切阴暗，与龌龊/包括苦难"，都荡涤一空。我们畅快淋漓地喝酒，情难自禁地歌唱，让每一句内心的独白都加深醉意，让每一次酒醉都故作糊涂，让心里的种子长成向阳花。如此，泥塑的人身、铺张的赋文才能叫人铭记，而不是像夏天散落一地槐花那样，任人践踏、任由腐朽；如此，多年的吞咽、藏匿、束缚、爱恋、伤痛，才不会是最难堪的过往，才不会在"笑着告别/转身"之后,"早已泪流满面"。

　　生活的忧郁,总会时时刺痛人心,演化成忤逆,直至徒增悲伤。"像一盆水那样把自己泼出去",让自己暴露无遗,什么虔诚和救赎,什么命运和劫难,都会在"放声大笑"中消失殆尽。我学着接纳一场不眠不休的冷雨,收藏一份难舍难离的情意,写下一段沉甸甸的文字,给予人间一丝丝的怜悯。如此,我的灵魂便可被荡涤,纵使水千重、山万重,只要有诗、有歌,便不枉来这沧桑人间一遭。

　　只要阳光还在,只要土地还在,只要稚童还在,割舍和节制就会成为一种习性,天命就不是那么不可违逆。一棵松树,也足以有涛声;瘦弱的身躯,也足以承载鲜红的血;一只麻雀,也足以述说过去和以后。

　　眼泪如同苦口的药,"医得好身体的疼痛/却医不好疼痛的身体",所以才有轮回,才有奈何桥头孟婆的哪一碗"忘情水"。如此,这世间便不需要地狱,这一生便不必许与来生。

　　孤独者的孤独,总是来自喧嚣和热闹。失去的痛,远大于棺椁和墓穴的冰冷。与其祈求山峰的眷顾,还不如让侵入肉体最深处的疼痛,逼迫精神上的疼痛消匿无踪。我愿意是立在风中的那一只苍鹰、白鸽、喜鹊,心里藏着无尽的悲悯,"把自己打造成雕塑/享受孤独和寂寞",

"只用一双眼睛／审视这，无人的世间"。我愿意像哪"一束反射的阳光"，面对"包括苦难，收获／甚至，还有舍弃和与众不同"，只把正义和信念收容。

生命的韵味，大多在"直视过日落和日出"之后才会显现。"哭泣、泪流不止。高兴地大笑／癫狂成无所畏惧"，不必懒洋洋地装睡，不必去理会"刀落下去时，阻挡它的／会是骨头，还是持刀的手"。如此，我学那"成仙"的歌者，用狂妄掩饰，与月光、飞瀑对饮；学那飞蛾，"义无反顾地扑向那人间的烟火／在一瞬间化作一缕青烟""游荡在三界之外／寻找重生的机会"。如此，我便"把日子过得热泪盈眶"，无论哭和笑，都"可以清晰地／感受活着的滋味"。我"常常在局促不安中、审视自己的双腿"，希望自己可以靠眼泪，甚至血的滋养坚持下去，长成一棵孤独的树，在风狂雨疾的人间怒吼，即使"再难逢春""以死相逼"，也在所不惜。因为我确信，"等到正午的时候"，再暗的黑影，也终将会被踩在脚下；再艰难的日子，也挡不住向往诗和远方。

我坐在玻璃窗前，凝望远处的山峦和落下去的太阳。山永远是黑色的，即使是在盛夏；落日永远是橘红色的，即使是在寒冬。

诗给了我温厚的救赎，给了我《活着的方

式》:"如果河水将我淹没,就不再呼吸 / 直到,与雨中河里的鱼相遇";"像麻雀一样肆意叫嚣 / 像野狗一样 / 无节制地狂躁",直到"在麻雀和野狗的缝隙里找到了光亮"。

致谢中国外文局、新星出版社!
致谢左权县委、文学艺术联合会!
致谢"儒生"罗南杰、恩师苏宝银!
致谢所有前辈、文友!

2023年5月

# 跋：
# 歌飞太行情意长

诗因歌而生，三千多年前的《诗经》是唱出来的。诗是心灵飞出的歌，我们今天捧出的这套丛书"歌飞太行"，就是九位本土作者对生活、对真情的吟唱，对祖国、对家乡的赞颂，是飞扬在太行山巅、清漳河畔的一曲曲动听的歌谣。

这是左权文坛的大喜事，是左权文学艺术界的盛事，也是左权县文化事业上令人振奋的新的里程碑，恰如毛泽东《咏梅》诗云："待到山花烂漫时，她在丛中笑。"在这里，烂漫的"山花"，即九位作者的九部诗集；报春的"梅花"，即中国外文局委派来左权挂职的罗南杰等同志。

中国外文局帮扶左权县十多年来，为左权办了很多实事。罗南杰同志挂职桐峪镇党委副书记两年来，负责教育、文旅等多方面工作，成绩斐然。他常年在乡下，与农民打成一片，在工地上，人们常常以为他是一个地地道道的"农民工"，乡亲们都把他当成贴心人，遇到难事都会想到"去找罗书记",罗书记就是这样一位古道热肠的人。当他发现左权县这片集红色历史与绿色文旅于一体的热土上,有这样一群勤奋的诗歌创作者。一首首来自生活最底层的诗歌,透射着人性的真善美,折射出他们对家乡、对祖国的挚爱,对社会、对人生的思考,是诗歌照亮了他们的精神世界。他感动之余,主动到县文联了解情况,得知他们有的处于工薪阶层,有的为生活东奔西忙,甚至有的生活还很困难,平时辛勤创作积累的大量诗稿,因囊中羞涩难以积集成书。罗书记决定伸出援手扶持他们,也为左权县的繁荣兴盛注入丰富的文化内涵和勃勃生机。他将此事向中国外文局领导做了汇报,经多次沟通,终于达成这次助力圆梦行动。与此同时,他多次和作者们坐到一起,就诗集的宗旨、内容进行详尽指导。有着军人情怀、诗人文采的他,很快与这群乡土诗人成为莫逆之交。

在此期间,九位诗作者快马加鞭,收集整理诗稿。为了让每首诗更精炼、更妥帖,他们在原创作的基础上夜以继日地仔细打磨,相互切磋,经过四个多月的精雕细琢,这套丛书终于收官。

在成书过程中,县委、县政府及宣传部领导高度重视,多次关注此事,鼓励作者扎根泥土、扎根人民，创作出无愧于家国的优秀作品。在此，诚挚感谢各位领导的大力支持！同时，感谢的还有：已近耄耋之年的原县作协主席张基祥先生和县文联原主席孟振先女士，以及多位热心人士，他们多次给予丛书悉心指导。

  这九部诗集，反映了左权文学事业向上向好发展的强劲势头，也让我们认识了太行山怀抱里这群可爱的垦荒诗人，他们有担当，有情怀，体现了厚重的太行精神。他们的作品充溢着浓郁的乡土气息和诗情画意。但由于这样那样的局限，在个性化的诗歌创作中，丛书在一定程度上还存在诸多不足，敬请广大读者理解包容，批评指正。

  于此，左权县文联携九位作者，向中国外文局的各位领导致以崇高的敬意！向新星出版社的各位编审老师致以诚挚的感谢！是诸君的伯乐之举圆了这群乡土诗人的文学梦，为享誉世界的民歌之乡留下浓墨重彩的一笔。同时希望更多的诗歌爱好者以此为契机，热爱生活，潜心创作，在这片有着《诗经》余韵的文化厚土上纵情驰骋，引吭高歌！

左权县文学艺术界联合会

2023 年 5 月